AF140160

D. K. Albert

Zehn rote Rosen

Erzählungen

TWENTYSIX

Über den Autor:

D. K. Albert bestritt über 1.100 Kämpfe als Kickboxer und erkämpfte reihenweise Deutsche, Europa- und Weltmeistertitel. Nach dem Ende seiner sportlichen Karriere begann er mit dem Schreiben, stets unter dem Motto: Zum Nachdenken anregen – und zum Schmunzeln. Seine Erzählung „Zehn rote Rosen" wurde mit dem Claus-Hafner-Preis ausgezeichnet.

Bibliografische Information der Deutschen Nationalbibliothek:

Die Deutsche Nationalbibliothek verzeichnet diese Publikation in der Deutschen Nationalbibliografie; detaillierte bibliografische Daten sind im Internet über http://dnb.dnb.de abrufbar.

TWENTYSIX – Eine Kooperation zwischen der Verlagsgruppe Random House und BoD – Books on Demand

© 2017 D. K. Albert

Herstellung und Verlag:
BoD – Books on Demand, Norderstedt

ISBN: 978-3-740 730 178

Zehn rote Rosen

Ein Junge aus gutem Hause

„Sowas hab´ ich gerne!", tobte Polizeihauptmeister Ernst Kuppelmeier. „Ein Auto klauen, ´nen Unfall damit bauen und dann auch noch abhauen wollen! Dir werd´ ich helfen! Wie heißt du?"

Der Junge hockte wie ein Häuflein Elend auf dem Vernehmungsstuhl und schlotterte vor Angst. „Sascha Helze", flüsterte er endlich.

„Und wie alt bist du?"

„Vierzehn", wisperte der Junge.

„Vierzehn? Ach! Dann gehst du ja noch zur Schule! Auf welche denn?"

„Auf das Graf-Galen-Gymnasium", hauchte Sascha, „in die 8b."

„Was?!" Kuppelmeier schoss hinter dem Schreibtisch in die Höhe. „Auf die Galen-Schule? In die 8b? Dann bist du ja in derselben Klasse wie mein Junge! Jens Kuppelmeier !"

Sascha zuckte zusammen.

„Der klaut keine Autos!", polterte der Polizeihauptmeister. „Mein Junge nicht! Der weiß, was mein und dein ist! Sieh mich an, wenn ich mit dir rede! Wann bist du geboren?"

Sascha nannte sein Geburtsdatum und anschließend seine Adresse. Vater Kuppelmeier tippte gewissenhaft mit.

„Wer sind deine Mittäter? Die beiden anderen?"

Sascha biss sich auf die Lippen und blickte zu Boden.

„Wer die beiden anderen sind! Gib Antwort, wenn du was gefragt wirst!"

Sascha schüttelte trotzig den Kopf. Kuppelmeier wollte gerade ein Donnerwetter loslassen, als sein Wachtmeister den Halter des gestohlenen Autos ins Vernehmungszimmer geleitete. Kuppelmeier erkannte den Mann im staubigen Overall sofort. Er war der Schulelternsprecher des Graf-Galen-Gymnasiums.

„Oh, Herr Görben! Guten Tag! Bitte schön, nehmen Sie doch Platz!"

Walter Görben nickte finster und setzte sich auf den freien Stuhl neben dem Schreibtisch.

„Tja, Herr Görben, Ihr Auto ist geklaut und gegen einen Gartenzaun gefahren worden! Einen der Täter haben wir geschnappt! Den da! Und jetzt halten Sie sich gut fest: Dieses Früchtchen geht zusammen mit unseren Buben zur Schule!"

„Sieh an!", knurrte Görben. „Darf man erfahren, wie du heißt?"

„Helze heißt er. Sascha Helze."

„Helze? Helze? Richtig, unser Matthias hat mal was von einem Helze erzählt. Man sollt´s nicht glauben! Geht mit meinem Jungen in eine Klasse und klaut mir den Wagen!"

„Ich hab´ keinen Wagen gestohlen!" begehrte Sascha auf. „Ich bin doch nur mitgefahren und –"

„Halt die Klappe!", donnerte der Polizeihauptmeister.

„Waren noch zwei andere bei", brummte er dann mehr zu sich selbst als zu Walter Görben, „aber die sind uns durch die Lappen, und dieser Rotzlöffel will nicht sagen, wer!"

„Das nenn' ich wahre Freundschaft", höhnte Görben. „Dich lassen sie im Stich, und zum Dank dafür willst du sie noch decken! Pah!"

„Und das wird seinen Spießgesellen noch nicht mal viel nützen! Kein bisschen!" Kuppelmeier machte eine Kopfbewegung zum Garderobenständer hin. „Wir haben nämlich die Jacke, die einer von denen verloren hat, und im Auto werden auch Fingerabdrücke sein! Der Rest ist für uns reinste Routine! Ein Kinderspiel!"

Görben folgte Kuppelmeiers Blick und erspähte sofort die Jeansjacke mit den vielen Aufnähern.

„Eins will ich dir gleich sagen", wetterte Kuppelmeier, „du bleibst solange hier, bis du –"

„Herr Kuppelmeier", unterbrach ihn Görben, „kann ich mal kurz zu Hause anrufen und meiner Frau Bescheid sagen?"

Polizeihauptmeister Kuppelmeier deutete auf die Glastür. „Aber sicher! Gehen Sie nach nebenan, da ist ein Telefon!"

Walter Görben stapfte hinaus. Kuppelmeier stierte Sascha an, als wolle er sich auf ihn stürzen und ihn zerfleischen.

„Wie heißt dein Vater?"

Sascha nannte die Personalien.

„Und deine Mutter?"

Mit zitternder Stimme diktierte Sascha ihren Namen, Geburtsnamen und ihr Geburtsdatum. Hauptmeister Kuppelmeier hämmerte auf die Tasten der Schreibmaschine ein und kündigte ihm zwischendurch an, dass er von der Schule fliegen und mindestens ein Jahr Jugendhaft bekommen würde. Gerade musste sich

9

Sascha anhören, welches Ende es einmal mit ihm nähme, als Walter Görben wieder zur Tür hereinkam. Eine dicke Ader prangte auf seiner Stirn.

„Lassen Sie's gut sein, Herr Kuppelmeier", presste er hervor. „Ich erstatte keine Anzeige."

Der Polizeihauptmeister traute seinen Ohren nicht. „Was? Wie bitte? Sie ... Sie wollen diesen Strolch da laufen lassen? Was in aller Welt soll das denn bedeuten?"

„Ganz einfach", krächzte Görben. „Einer der beiden anderen ist mein Junge. Das da ist seine Jacke, ich hab' sie gleich erkannt. Der Bengel sitzt daheim und flennt. Sein Freund hatte die Idee zu dieser Spritztour, und der ist auch gefahren. Sollte wohl so 'ne Art Mutprobe sein. Ihn da haben sie unterwegs aufgelesen und mitgenommen."

„Also jetzt bin ich platt!" Kuppelmeier stieß die Schreibmaschine von sich. „Das gibt's doch überhaupt nicht! Ihr Sohn, ein Junge aus gutem Hause! Na ja ... Sicher, dann können Sie natürlich keine Anzeige erstatten! Könnte ich an Ihrer Stelle auch nicht! Ihr Junge muss schließlich aus der Sache rausgehalten werden!" Er bebte vor Wut. „Und damit bist du auch aus dem Schneider, Freundchen! Aber freu dich bloß nicht zu früh! Den Dritten, den krieg' ich am Schlafittchen! Fahrerflucht und Fahren ohne Führerschein, da muss hart durchgegriffen werden!"

Kuppelmeier rückte die Schreibmaschine wieder gerade und strich ein Eselsohr aus dem Vernehmungsformular.

„Nun?" fragte er streng. „Dieser andere, der die ganze

Sache angezettelt und das Auto gefahren hat, wer ist das?"

Sascha brachte keinen Ton heraus. Walter Görben lächelte frostig.

„Ihr Jens", sagte er dann.

Der Dienstweg

Die Arbeit eines Behördenmitarbeiters ist aufreibend und hektisch. Seine Plackerei beginnt frühmorgens damit, den Mantel vorschriftsmäßig an die Garderobe zu hängen und die Aktenmappe in den Schrank zu stellen. Sodann muss – je nach Jahreszeit – entweder der Heizkörper angedreht oder aber das Fenster auf Kippe gestellt werden, anschließend ist Kaffee zu kochen und hinterher noch ein Blatt vom Wandkalender abzureißen. Nun erst kann ein Sachbearbeiter in der öffentlichen Verwaltung die Zeitung lesen, und kaum hat er seine kräftezehrende Lektüre beendet, ist es auch schon Zeit für die Frühstückspause. Im Anschluss daran gilt es den Urlaub zu planen, den nächsten Dienststellenausflug vorzubereiten, mit dem Lineal nach Fliegen zu schlagen und zwischendurch auch noch Aktendeckel auf- und zuzuklappen. Nur wer um diese tagtägliche Knochenarbeit weiß, gewinnt eine Vorstellung davon, wie sehr sich seine Obrigkeit zwischen Fortbildungsveranstaltungen, Kuren und Diensreisen verschleißt und nur ihm ist die amtsinterne Bearbeitungsdauer der verschiedensten Verwaltungsvorgänge verständlich.

Ein würdiger Repräsentant des unverzichtbaren Bürokratismus war der Oberamtmann Hans Friedrich Radowski. Durchdrungen von Verantwortungsbewusstsein und Gewissenhaftigkeit bewegten sich sein ganzes Denken und Handeln nur in den engen, vom Dienstweg vorgezeichneten Bahnen und seine Gründlichkeit war als beispielgebend bekannt. Dies sollte auch der junge Mann erfahren, der eben in die Amtsstube und vor den Schreibtisch des Herrn über Genehmigungsverfahren und Bewilligungsbescheide trat. Oberamtmann Radowski fertigte eben einen Vermerk, um das Telefonat mit einem abschlägig beschiedenen Antragsteller aktenkundig zu machen.

„Sie wünschen?" fragte er, ohne von seinem Schreibblock auch nur aufzublicken.

„Guten Morgen! Mein Name ist Siegbert Fromm! Ich habe vor kurzem ein Haus in der Südstadt gekauft und möchte einen Balkon daran anbauen!"

„Einfamilienhaus oder Mehrfamilienhaus?", schnarrte Radowski und schrieb weiter.

„Ein Einfamilienhaus. Ich habe –"

„Eingeschossig oder mehrgeschossig?" Radowski setzte sein Kürzel und seine Amtsbezeichnung unter den Vermerk und legte den Kugelschreiber zurück in die Schreibschale.

„Ein eingeschossiges Haus. Ich habe Ihnen –"

„Gibt es bereits einen Balkon an Ihrem Haus?" Der Oberamtmann knipste zwei Löcher in das Blatt und heftete es in einen grünen Aktendeckel. Siegbert Fromm gab ihm währenddessen darüber Auskunft, dass sein Anwesen an keine Bundesstraße grenze, dass das Haus weder unter Denkmalschutz stehe noch gewerblich genutzt werde und dass der Balkon auch nicht zur Straßenseite zeigen solle. Hans Friedrich Radowski legte

13

den Aktendeckel nach rechts.

„Dazu müssen Sie einen Bauantrag stellen", beschied er den jungen Mann und ließ sich endlich dazu herab, ihn eindringlich anzusehen. „Lassen Sie sich vom Pförtner ein entsprechendes Formular geben und reichen Sie es mit den dazugehörigen Unterlagen hier ein. Danach wird über Ihr Begehren entschieden." Oberamtmann Radowski streckte die Hand vor und schaute auf seine Armbanduhr. Gleich war bereits Mittagspause, und noch immer hatte er das Kreuzworträtsel in der Morgenzeitung nicht zu Ende gelöst!

„Meinen Bauantrag habe ich schon ausgefüllt und mitgebracht. Bitte sehr!" Siegbert Fromm legte einen dicken, mit einer Aktenklammer zusammengehefteten Packen Papiere vor Radowski auf den Schreibtisch. Der Oberamtmann sah Fromm verständnislos an, rümpfte dann die Nase, befeuchtete nach einer kleinen Weile Daumen und Zeigefinger und begann schließlich zu blättern. Ein neuer Verwaltungsvorgang war ins Leben gerufen worden.

„Sie müssen noch die Gebühr entrichten", beschied Radowski den jungen Mann, „oder aber einen Antrag auf Stundung oder Erlass der festgesetzten Gebühren –"

„Das Geld habe ich bereits überwiesen", unterbrach ihn Siebert Fromm. „Der Überweisungsbeleg der Bank ist weiter hinten!"

Oberamtmann Radowski zuckte zusammen. „Wie ... wie bitte? Ein Überweisungsbeleg der Bank?"

Er blätterte schneller, studierte den Beleg, blätterte wieder zurück, schnaufte, zog ein blütenweißes Taschentuch hervor und tupfte sich die Stirn ab.

„Tatsächlich. Ein völlig irreguläres Verfahren. Haben wir gar keine Vordrucke für. Hm ... Na schön, gehen Sie damit zur Kasse, Zimmer siebzehn im Erdgeschoss, und lassen Sie sich auf Blatt vier des Antrags bestätigen, dass die Gebühren beglichen worden sind."

„Aber Herr Amtmann! Sie sehen doch selbst, dass –"

„Herr Oberamtmann bitte!"

„Meinetwegen auch Herr Oberamtmann! Also, Sie sehen doch, dass ich das Geld längst bezahlt habe! Warum soll ich denn jetzt nochmals ins Erdgeschoss, mich vor der Kasse anstellen, dann hierher zurück und mich nochmals anstellen? Darüber wird´s ja Nachmittag!"

Hans Friedrich Radowski zuckte mit den Schultern. „Bedaure", beschied er den Antragsteller, „aber das ist Vorschrift so. Ohne den Zahlungsvermerk auf dem Formular kann ich Ihren Antrag nicht bearbeiten." Er klemmte die Blätter wieder mit der Aktenklammer zusammen und schob sie Siegbert Fromm entgegen.

„Aber können Sie diesen Vermerk denn nicht selbst anbringen?", versuchte der es nochmals.

„Die Bankquittung haben Sie doch gesehen!"

„Tut mir leid, aber das übersteigt meine Kompetenzen." Oberamtmann Hans Friedrich Radowski fasste den jungen Mann streng ins Auge. „Ich kann auf Ihrem Antrag doch nicht einfach Vermerke anbringen, die in den Zuständigkeitsbereich einer anderen Abteilung fallen! Wo kämen wir denn da hin? Nein, nein, der Dienstweg muss schon eingehalten werden! Holen Sie sich also auf der Kasse Ihren Stempel, danach bestätige ich die Vollzähligkeit Ihrer Unterlagen und anschließend läuft das Gesuch durch die Abteilungen. In sechs bis acht Wochen bekommen Sie dann einen rechtsmittelfähigen Bescheid darüber, ob die Sache genehmigt worden ist."

Siegbert Fromm bekam den Mund nicht mehr zu. „Sechs bis acht Wochen? Aber das kann doch keine sechs bis acht Wochen dauern, diesen läppischen Bauantrag zu bewilligen!"

Hans Friedrich Radowski wurde ungemütlich. Jetzt beanspruchte dieser lästige Mensch schon fünf Minuten seiner kostbaren Zeit! Wie sollte man denn da bis zur Mittagspause sein Kreuzworträtsel zu Ende lösen?

„Darüber habe nicht ich zu entscheiden", fauchte er. „Ich halte mich nur an meine Vorschriften und kann nicht mehr für Sie tun. Wenn Ihnen das nicht passt, bleibt es Ihnen allerdings unbenommen, den Rechtsweg einzuschlagen oder aber bei meinem Vorgesetzten um Abhilfe einzukommen. Guten Tag!"

„Guten Tag", seufzte Siegbert Fromm, nahm seine Unterlagen und trat kopfschüttelnd hinaus auf den Flur. Der nächste in der Warteschlange, ein weißhaariger Herr mit einem Dackelchen an der Leine, steuerte auf Radowskis Tür zu und klopfte an.

„Herein!"

Der alte Herr trat näher und wartete. Hans Friedrich Radowski fertigte eben den obligatorischen Aktenvermerk.

„Sie wünschen?"

Mit leiser Stimme brachte der Rentner sein Anliegen vor. Eine Gartenlaube wolle er errichten lassen, und ob es dazu eines Bauantrages bedürfe? Ohne seine Niederschrift zu unterbrechen, ließ sich Radowski erklären, dass die Gartenlaube eine Grundfläche von neun Quadratmetern beanspruchen, nicht zu Wohnzwecken dienen und nicht auf die Grundstücksgrenze gebaut werden solle. Verwaltungsrichtlinien, Verfügungen und Durchführungsbestimmungen durchjagten sein Gehirn. Dann klingelte das Telefon. Der Oberamtmann nahm ab.

„Radowski."

Der alte Herr hörte es in der Leitung krächzen. Radowski setzte sich kerzengerade hin und fasste sich an die Krawatte.

„Ja, Chef! Ja, Chef! Ja, er ist eben zur Kasse und müsste jeden Moment zurückkommen! Ja, ich habe sogar noch seine Akte hier vor mir liegen. Was? Ein Staatssekretär aus dem Ministerium? Heiliger Strohsack! Ja, Chef, selbstverständlich! Ich komme mit seinem Antrag sofort zu Ihnen rauf!"

Radowski legte den Telefonhörer auf die Gabel zurück. In fliegender Hast ließ er die Zeitung in der untersten Schreibtischschublade verschwin-

17

den, kippte den überquellenden Aschenbecher in den Papierkorb aus, rückte Locher und Schreibblock gerade, erklärte dem alten Herrn währenddessen, dass die Errichtung einer Gartenlaube genehmigungsfrei sei und geleitete ihn zur Tür. Radowski war eben dabei, mit seinem Taschentuch die Türklinke zu polieren, da kam Siegbert Fromm auch schon die Treppe hinauf. Der Oberamtmann zwang sich zu einem verbindlichen Lächeln.

„Ich habe auf Sie gewartet, Herr Fromm! Ich muss nämlich kurz nach oben und werde bei dieser Gelegenheit Ihr Gesuch gleich mitnehmen! Bitte treten Sie doch näher und nehmen Sie Platz!"

Hans Friedrich Radowski hielt geflissentlich die Tür auf, nahm Fromm den Stoß Formulare aus der Hand und war gleich darauf zur Tür hinaus. Siegbert Fromm machte es sich gemütlich und blätterte in einem Prospekt. Es dauerte noch keine zehn Minuten, da kam der Oberamtmann wieder hereingekeucht und überreichte ihm den vom Dienststellenleiter höchstpersönlich bewilligten Bauantrag für einen Balkon. Siegbert Fromm zeigte sich tief beeindruckt.

„Alle Achtung! Das ganze Genehmigungsverfahren in weniger als einer halben Stunde, daran sollten sich andere Behörden ein Beispiel nehmen! Meine Anerkennung, Herr Oberamtmann! Wünsche Ihnen noch einen schönen Nachmittag!"

Hans Friedrich Radowski strahlte, brachte seinen Besucher hinaus auf den Flur und verneigte sich zum Abschied bis fast auf den Erdboden. Er war sehr mit sich zufrieden, wenngleich er das Kreuzworträtsel noch immer nicht gelöst hatte.

Auch Siegbert Fromm war zufrieden. Ohne besondere Eile schlenderte er durch die Eingangshalle, nickte dem Pförtner noch einmal freundlich zu und trat hinaus ins Freie. Den netten und zuvorkommenden Pförtner würde er in dankbarer Erinnerung behalten, hatte er ihm vorhin doch nicht nur den Namen und die Durchwahl des Dienststellenleiters gegeben, sondern auch noch Geld zum Telefonieren gewechselt, so dass er die Anregung des Oberamtmanns hatte befolgen können und sich direkt an dessen Vorgesetzten gewandt hatte. Der Erfolg seiner kleinen Flunkerei, sich als ein Abteilungsleiter aus dem Ministerium auszugeben und die Visite eines Staatssekretärs Fromm anzukündigen, bestärkte ihn in seiner Annahme, dass es auch auf dem Dienstweg einen Überholstreifen gibt.

Ein vergilbtes Blatt Papier

„Zum Donnerwetter nochmal! Wo der Lümmel nur wieder bleibt!" Reichlich ungehalten schaute ich auf meine Armbanduhr. Schon halb zwei, und Kevin war immer noch nicht zu Hau-se! Dabei war der Unterricht heute, am letzten Schultag, sogar früher als sonst aus gewesen. Gewiss lag aber gerade darin der Grund dafür, dass sich mein Filius mit dem Heimkommen so lange Zeit ließ: Es hatte Zeugnisse gegeben, und wie Kevins Zeugnis aussehen würde, konnte ich mir nach dem blauen Brief lebhaft vorstellen.

„Dem Bengel werd´ ich was husten! Ein paar hinter die Ohren bekommt er!"

Wütend drückte ich mich an der Tischplatte hoch und begann, in der Küche herumzurennen. Nichts als Ärger hatte man mit diesem Früchtchen, nichts als Ärger! Eine Fünf nach der anderen brachte er nach Hau-se, kümmerte sich aber einen Dreck um seine Schulaufgaben und kannte nichts anderes als sein Handy und alberne Computerspiele. Was in aller Welt sollte bloß einmal aus ihm werden?

„Nun setz dich wieder hin und lass uns ohne ihn anfangen", suchte meine Frau die Wogen zu glätten.

„Sonst wird das schöne Essen kalt! Bestimmt steckt er wieder bei deinen Eltern! Wenn er bis zwei nicht hier ist, ruf´ ich mal zu ihnen an!"

Sie legte erst mir und dann sich selbst einen goldbraunen, herrlich duftenden Pfannkuchen auf den Teller. Mit einer Mordswut im Bauch pflanzte ich mich wieder auf die Eckbank und hieb mit der Gabel auf das Omelett ein.

„Wundern sollte mich das nicht", fauchte ich. „Aber das bekommt er ausgetrieben! Wie will es der Junge denn später mal zu was bringen, wenn er den lieben langen Tag bei meinem Vater im Schrebergarten hockt oder auf seiner Bude vorm Computer! Hätte ich mir das früher erlaubt, dann –"

Die Haustür wurde geöffnet und vorsichtig wieder geschlossen. In der Diele waren leise Schritte zu hören, dann stand Kevin endlich vor uns. In der Hand hielt er einen weißen Briefumschlag.

„Wo hast du nur so lange gesteckt?" rüffelte ihn meine Frau. „Du weißt doch, dass du nach der Schule sofort heimzukommen hast!"

Kevin starrte vor sich auf den Boden. „Ich … ich war bei Oma und Opa", druckste er. „Ich hab´ schon bei ihnen gegessen …"

Ich kam von der Bank hoch und baute mich vor meinem Sprössling auf, bereit, ihm den Kopf zurecht zu rücken.

„Aha! Dann können wir natürlich lange auf dich warten! Nimm den Kopf hoch, wenn ich mit dir rede! Wie ist denn dein Zeugnis ausgefallen? Nun?"

Kevin schaute mich kurz an, senkte aber sofort wieder den Blick. Zwei dicke Tränen kullerten ihm über die Wangen. Was das zu bedeuten hatte, war nicht schwer zu erraten.

„Wie dein Zeugnis ausgefallen ist, hab´ ich gefragt!"

Kevin schluckte. Noch immer starrte er auf den Fußboden. Seine Mundwinkel zuckten. Endlich

21

streckte mir seine kleine Hand den Briefumschlag entgegen.

„Papa, das … das hier … das soll ich dir von Opa geben …"

Was hatte denn das zu bedeuten? Mein Vater schickte mir einen Brief, wo er doch nur zum Telefonhörer greifen musste, wenn er mich sprechen wollte? Seltsam. Ich nahm Kevin den Umschlag aus der Hand und fetzte ihn mit dem Stiel des Dessertlöffels auf. Und dann war ich es, der schlucken musste.

In der Hand hielt ich ein vergilbtes, eng beschriebenes Blatt Papier, auf dem in dicken Frakturbuchstaben das Wort „Zeugnis" gedruckt stand. Die Tinte war längst blass geworden, aber mein Name und das gestochen scharf geschriebene „Nicht versetzt" waren noch immer klar und deutlich zu lesen. Und mit einem Male tauchte aus meiner Erinnerung wieder dieser trübe Nachmittag vor nunmehr dreißig Jahren auf, als ich, ein kleiner Pimpf, mit verheultem Gesicht und bangem Herzen an meinem Vater emporgesehen hatte, während er diese Hiobsbotschaft studiert hatte. Jetzt war es an mir, den Blick zu senken. Ich spürte die fragenden Augen meiner Frau und schob das vergilbte Blatt zu ihr hin. Sie las. Niemand von uns beiden brachte einen Ton zustande. Es dauerte eine ganze Weile, bis ich es schaffte, meinem Jungen den Arm um die Schulter zu legen.

„Nun lass mal den Kopf nicht hängen, Kevin, bloß weil das Zeugnis in die Hose gegangen ist. Es gibt Schlimmeres, und diese Schlappe wetzt du schon wieder aus. Übrigens, ich … ich hab´ mir heute Morgen mal deine Computerspiele angesehen. Interessiere mich auch dafür, hab´ aber nicht die leiseste Ahnung, wie sowas funktioniert. Wenn wir aufgegessen haben, erklärst du´s mir dann mal?"

Das Gleichnis vom reinen Wasser

Um die Jugend zu guten Christen zu erziehen, war Pfarrer Bindemann keine Mühe zuviel. Die pädagogischen Mittel, deren er sich dazu bediente, mochten zuweilen etwas ausgefallen erscheinen, standen aber immer in irgendeinem Zusammenhang mit dem Religionsunterricht. So wurden die Schüler nach dem Austragen des Bistumsblattes regelmäßig darüber belehrt, wie das Volk Israel durch die Wüste oder Jesus nach Galiläa gezogen war; nach dem Jäten und Rasenmähen im Pfarrgarten mussten sie das Gleichnis vom Unkraut im Weizen über sich ergehen lassen und nach dem Wocheneinkauf für die Pfarrhaushälterin das von der verlorenen Münze oder vom anvertrauten Geld. Am Morgen hatte Pfarrer Bindemann in der Schule über das Sakrament der Taufe gesprochen. Clemens, Klaus und Patrick hatten nicht richtig aufgepasst, waren prompt für nachmittags zum Pfarrhaus bestellt worden und rechneten denn auch mit Blumen gießen, Rasen sprengen oder Auto waschen. Es kam allerdings etwas anders. Pünktlich um drei Uhr drückte Clemens auf die Klingel. Im Pfarrhaus wurde eine Tür geöffnet und wieder zugeschlagen, schwere Schritte dröhnten in der Diele, und dann stand der geistliche Herr auch schon auf der Schwelle.

„Da seid ihr ja endlich, ihr Buben", grüßte er würdevoll, nahm zwei leere Wasserflaschen vom Boden und streckte sie Patrick entgegen. „Hier! Ihr werdet einen kleinen Spaziergang zur Apotheke in der Oberstadt machen und zwei Flaschen destilliertes Wasser kaufen! Für Fußballspieler wie euch ist das ein ganz ausgezeichnetes Konditionstraining!" Sodann griff er in die Hosentasche und drückte Klaus drei einzelne Euromünzen in die Hand. „Ich kenne den Preis, das Geld reicht genau!"

Klaus beäugte erst die Münzen und dann die Wasserflaschen in Patricks Hand so misstrauisch als fürchtete er, sie könnten explodieren. „Was ist dellisieres Wasser, Herr Pfarrer? Eine Arznei?"

„De-stil-lier-tes Wasser", verbesserte Pfarrer Bindemann. „Nein, Bube, das ist keine Arznei, sondern ein vollkommen reines Wasser ohne jeglichen Schmutz und ohne Mineralstoffe. Es kommt in meine Autobatterie, die verträgt nur solch ein reines Wasser. Und nun machet euch auf den Weg, es ist ein gutes Stück zu laufen! Gott mit euch!"

Die Jungen nickten gehorsam. Pfarrer Bindemann schaute ihnen nach, bis sie die Eingangstreppe hinunter waren, dann wurde die Tür zugedrückt.

„Der spinnt wohl!", maulte Clemens. „Ein Auto braucht Benzin und kein Wasser! Und Wasser, das kriegt man aus ´m Hahn und damit gut! Dazu braucht man doch in keine Apotheke, erst recht nicht bei so´ner Hitze!"

Die Jungen marschierten in Richtung Kirchvorplatz.

„Er könnte Recht haben mit seinem reinen Wasser", sinnierte Patrick. „Leitungswasser ist manchmal wirklich nicht sauber, deshalb kocht es meine Mutter auch ab, bevor wir davon trinken. Allerdings –", er sah Klaus und Clemens bedeutungsvoll an, „um reines

Wasser zu kriegen, brauchen wir nicht in die Apotheke zu rennen. Das gibt´s auch hier, und zwar umsonst!"

„Wo denn?" fragten Klaus und Clemens wie aus einem Munde.

„In der Kirche! Da steht ein Fass mit Weihwasser, aus dem
sich jeder nehmen kann! Und Weihwasser ist rein, ganz rein, hat der Pfarrer selbst heute Morgen in der Schule gesagt! Das Reinste, was es überhaupt gibt! – Ist gemein vom Pfarrer, dass er uns so weit laufen lassen will, wo ´s so ´n reines Wasser gleich hier vor seiner Nase gibt! Macht er nur, damit er was hat, worüber er uns nachher wieder Vorträge halten kann! Ein Gleichnis oder so! Aber dazu brauchen wir nicht bis in die Oberstadt! Auf, gehen wir in die Kirche und holen ihm sein reines Wasser! Und von dem Geld kaufen wir uns jeder ein Eis!"

Clemes war sofort einverstanden. Nur Klaus hatte noch gewisse Bedenken.

„Aber … aber das ist doch Sünde, wenn wir das Geld für uns behalten!"

„Von wegen!" belehrte ihn Patrick. „Wir behalten das Geld ja überhaupt nicht für uns, sondern geben´s dem Eismann! Und ob es der Eismann oder der Apotheker kriegt, ist doch wohl egal!"

Ja, das überzeugte auch Klaus. Die drei stiefelten über den Kirchplatz, bogen auf die Straße und huschten dann zum Seiteneingang, der vom Pfarrhaus aus nicht eingesehen werden konnte. Dunkel war es in der Kirche, sehr still und angenehm kühl.

„Das Fass ist neben der Sakristei", flüsterte Patrick. „Kommt mit!"

Es ging durch den Seitengang und vorbei an den Kreuzwegstationen zu der breiten, bleiverglasten Tür unter der Kanzeltreppe. Dann sahen sie es auch schon: Auf einem grob zusammengezimmerten Eichensockel stand ein großes, irdenes Fass mit eingebranntem konstantinischem Kreuz und einem blank polierten Messinghahn.

„Gib her!"

Clemens nahm Patrick eine der Flaschen aus der Hand, hielt sie unter den Fasshahn und ließ sie volllaufen. Anschließend füllte er die andere.

„Gut, dass du das gewusst hast", lobte er Patrick. „Wir wären sonst glatt bis in die Oberstadt gelaufen! Jetzt lasst uns aber verschwinden! Kommt!"

Sie spazierten zurück und traten durch das Seitenportal wieder ins Freie. Frisch und vergnügt schlenderten die drei nun zur Eisdiele, kauften sich jeder einen Becher Speiseeis und absolvierten auf den Stühlen unter dem Sonnenschirm das anbefohlene Konditionstraining für Fußballer. Nach einer guten Stunde pilgerten sie zum Pfarrhaus zurück und lieferten die Flaschen mit reinstem Wasser ab.

„Danke schön, ihr Buben!"

Pfarrer Bindemann nickte erhaben, schenkte jedem seiner drei Schäfchen ein Heiligenbild und erklärte ihnen anschließend das Gleichnis vom treuen Diener, der den Auftrag seines Herrn gewissenhaft ausgeführt hatte. Somit bekam ein jeder, was er brauchte: die Jungen jeweils ein Heiligenbildchen, einen Eisbecher und eine tiefgreifende theologische Schulung, Pfarrer Bindemann die Genugtuung, ihnen Demut, Gehorsam und die christlichen Glaubensgrundsätze etwas nähergebracht zu haben und sein Auto die dringend benötigten Flaschen mit reinem Wasser. Erst später offenbarte sich, dass dieses Wasser anscheinend doch nicht so rein gewesen war. Aber die Mucken an Pfarrer Bindemanns Auto brachte niemand damit in Zusammenhang.

Teure Socken

Jürgen Hilmen arbeitete als Verkäufer im Modehaus Schepp in der Königsstraße. Wie immer zur Mittagszeit war auch heute nicht viel los im Laden, und deshalb schenkte er dem einzigen Kunden auch nicht allzu viel Aufmerksamkeit. Mochte sich der Chef selbst um ihn kümmern; er selbst wollte jetzt ohnehin Mittag machen. Jürgen Hilmen war gerade dabei, Pullover und Hemden ins Regal einzusortieren, als er vorne am Ladeneingang einen schrillen Schrei hörte.

„Halt, stehenbleiben! Stehenbleiben! Haltet den Dieb!"

Jürgen Hilmen wandte sich um, sah den Kunden hinaus auf die Straße rennen und Herrn Schepp hinterher. Sofort spurtete er den beiden nach. Als gut trainierter Hobbyfußballer würde er den Langfinger schnell am Schlafittchen haben. Allerdings hatte der einen schönen Vorsprung und war auch gut zu Fuß, der Bürgersteig jetzt in der Mittagszeit voller Menschen, und an der dritten Straßenkreuzung hatte der Dieb Jürgen endgültig abgehängt. Herrn Schepp schon lange. Der schloss schwitzend und schnaufend zu seinem Verkäufer auf.

„Was soll's", ächzte er, „er hat schließlich nur ein paar billige Socken geklaut, die aus dem Sonderangebot für zwei sechzig, und die paar Groschen kann ich zum Glück verschmerzen." Mit hechelndem Atem und immer noch wackligen Knien gingen die beiden glücklosen Verfolger zurück. Endlich waren sie wieder im Geschäft angekommen ... und sahen sich entgeistert an. Die Ladenkasse war aufgerissen, und sie war leer! Während sie einem Ladendieb nachgejagt waren, der einen Groschenartikel stibitzt hatte, hatte ein anderer die Gunst der Stunde genutzt und Hunderte von Euro aus der Ladenkasse mitgehen lassen!

„Mir scheint", seufzte Herr Schepp, „ganz so billig waren die Socken wohl doch nicht."

Beichtstunde

Nach der Beichtstunde waren nicht mehr viele Gläubige in der kleinen Wallfahrtskirche und Pfarrer Lambrecht wollte eben aufstehen und gehen, als noch ein großer, schwerer Mann in den Beichtstuhl trat.

„Gelobt sei Jesus Christus", brummte eine raue Stimme.

„In Ewigkeit Amen." Pfarrer Lambrecht schlug das Kreuzzeichen. Die Tür wurde vorsichtig geschlossen und der Nachzügler zwängte sich auf die schmale Kniebank.

„Ich ... ich möchte beichten", begann er unschlüssig.

Der Bretterboden knarrte. Im Halbdunkel konnte Pfarrer Lambrecht ein breites, weiches Gesicht mit einer hohen Stirnglatze mehr ahnen als erkennen.

„Wann war Ihre letzte Beichte?", fragte er sanft.

„Meine letzte Beichte? Hm ... Nun, so zwanzig Jahre wird es sicherlich her sein." Der Mann hinter dem Sprechgitter atmete schwer.

„Und welche Sünden möchten Sie beichten?"

„Welche Sünden? Hm ... Eigentlich 'ne ganze Menge! Ich habe gelogen. Ich habe meiner Frau gesagt, ich muss Überstunden machen, und war in Wirklichkeit mit meinen Kollegen einen trinken gegangen. Ich habe Sachen über meinen Chef erzählt, die nicht stimmen. Und bei der Spesenabrechnung und bei der Steuererklärung habe ich geschummelt. Es war aber nicht viel. Eher Kleinkram, würde ich sagen ..."

Das Kirchenportal wurde geöffnet und wieder geschlossen. Pfarrer Lambrecht spähte durch die Antikglasscheibe der Beichtstuhltür hinaus und sah die Altarkerzen flackern.

„Gegen Gottes Gebote zu verstoßen, kann niemals Kleinkram sein", stellte er richtig.

„Wie? Ach so. Ja, ja natürlich." Ein bedrängter Atemzug, dann schwieg der Mann.

„Ich ... ich habe auch gestohlen", kam es nach einer Weile. „Bei uns im Betrieb. Ich habe Briefmarken für mich privat aus der Portokasse genommen und auch auf Firmenkosten heimlich telefoniert. Und einmal ... einmal habe ich ein Portemonnaie mit sechzig Euro drin gefunden und es für mich behalten."

Pfarrer Lambrecht wartete geduldig. Der Mann schien sehr mit sich zu ringen. Gewiss, auch eine kleine Verfehlung konnte eine schwere Last bedeuten, aber dieser Sünder hatte etwas anderes, etwas ganz anderes auf dem Herzen.

„Und weiter?" half ihm der Priester.

Der Mann senkte den Kopf „Ich ... ich habe einen Menschen umgebracht", presste er endlich hervor.

Pfarrer Lambrechts Knie wurden weich. „Wie ist das geschehen?" fragte er behutsam. „War es ein Unglücksfall?"

Auf dem Steinboden vor der Kreuzwegstation hallten Schritte.

„Nein", murmelte der Mann. „Es war kein Unglücksfall, Herr Pfarrer. Es ... es war ... es war Mord! Richtiger, gemeiner Mord!"

Pfarrer Lambrechts Nackenhaare sträubten sich. „Und wen hast du ... haben Sie getötet?"

Die Schritte auf dem Steinboden waren nicht mehr zu hören. Pfarrer Lambrecht schaute wieder hinaus in die Kirche. Der pensionierte Oberlehrer Scheuermann stand vor dem Schriftenständer und blätterte in den Broschüren.

„Meinen Schwiegervater", hauchte der Mann. Dem Priester stockte der Atem.

„Und warum hast ... haben Sie das getan? Und wann?"

„Wann? Hm. Vier Jahre, knapp vier Jahre ist es jetzt her. Und warum? Hm ..."

Wieder herrschte Stille, und wieder ließ Pfarrer Lambrecht dem Mann Zeit.

„Wissen Sie, Herr Pfarrer, mein Schwiegervater war ein Pflegefall. Gelähmt und schweres Asthma. Meine Schwiegermutter hatte ihn zu Hause versorgt, aber als sie vor sechs Jahren starb, mussten wir ihn zu uns nehmen. Er war schließlich der Vater meiner Frau, und da ... da ..."

„Sie fühlten sich ihm verpflichtet, nicht wahr?"

Der Mann rutschte auf der Kniebank hin und her. „Verpflichtet? Hm ... Ja, verpflichtet, ich glaube, das kann man so sagen. Hm ... Also, meine Frau hat ihn gepflegt bei uns zu Hause, und sie musste nur noch für ihn da sein. Martha hinten und Martha vorne, Martha tu dies, Martha mach jenes,

33

Martha wo bleibst du denn, so ging es den ganzen Tag von früh bis spät. Jedesmal musste sie alles stehen und liegen lassen und gelaufen kommen, vorher hat er keine Ruhe gegeben. Ein richtiger Haustyrann! Und das wurde immer schlimmer mit ihm, je kränker er wurde! Wissen Sie, er hat nachher ziemliche Schmerzen gehabt, und da ... da habe ich dann ..."

Aus dem Seitengang drang ein leises Staksen. Die alte Frau Schnabel humpelte, auf einen Stock gestützt, in die Gnadenkapelle und kniete vor der Marienstatue nieder.

„Ich verstehe. Und Ihre Frau, wie sah sie das Ganze? Wie wurde sie mit allem fertig?"

„Martha? Sie sagte nie etwas." Es klang verbittert und auch ein wenig enttäuscht. „Sie hat nur ihre Arbeit gemacht, hat sich rund um die Uhr von dem Alten ... ich meine, von ihrem Vater, rumscheuchen lassen und sonst nichts. Sie war oft total fertig und hat auch manchmal geweint. Vom Leben hatte sie nichts mehr, überhaupt nichts mehr ..."

Für Pfarrer Lambrecht war das nichts Neues. Er wusste, welche Belastungen ein Schwerstpflegebedürftiger für die Familie mit sich brachte.

„Finden Sie nicht, dass es für alle das Beste gewesen wäre, wenn Sie Ihren Schwiegervater in einem Pflegeheim untergebracht hätten?"

Die Kniebank knarrte laut.

„Sicher wäre das besser gewesen", seufzte der Mann, „aber meine Frau hätte ihren Vater doch niemals in ein Heim gegeben! Und außerdem … nun, wovon hätten wir das denn bezahlen sollen?"

Pfarrer Lambrecht sah, wie die alte Frau Schnabel eine Opferkerze vor der Marienstatue aufstellte. Er wusste, dass ihre Tochter im Krankenhaus lag und Krebs hatte.

„Es waren also in erster Linie finanzielle Gründe und eine lästige Pflicht, die Sie und Ihre Frau dazu bewogen hatten, den Kranken bei sich aufzunehmen, obwohl Sie völlig damit überfordert waren?"

Der Mann blieb die Antwort schuldig.

„Wie … wie ist Ihr Schwiegervater eigentlich …"

„Sie meinen, wie ich ihn umgebracht habe? Ich habe ihn erstickt. Mit einem Kissen. Ich weiß noch, wie er mich angesehen hat, als er in seinem Bett lag und mich kommen sah. Nicht böse oder wütend. Auch nicht erschrocken. Nur traurig, unendlich traurig. `Ach Junge´, hat er gesagt, sonst nichts. Und hat mich angeschaut mit diesen Augen, mit diesen großen, runden Augen …"

Im Kirchengestühl quietschte es leise. Altbauer Walk drückte sich von seinem Sitzplatz hoch und schlurfte nach vorn in Richtung Hauptaltar.

„Und diese Augen, diese großen, runden Augen verfolgen Sie seitdem und lassen Sie nicht mehr zur Ruhe kommen. Ich nehme an, dass niemand wegen der Todesursache irgend einen Verdacht geschöpft hat?"

„Nein", bekräftigte der Mann. „Niemand."

„Und Ihre Frau? Wie nahm sie den Tod des

Vaters auf?"

„Martha? Sie hat geweint. Sehr sogar. Aber irgendwie war sie doch erleichtert. `Jetzt hat es ein Ende´, sagte sie bloß, `jetzt hat es endlich ein Ende, jetzt hat er ausgelitten.´"

Pfarrer Lambrecht sah den Altbauern vor dem Ewigen Licht niederknien und ergriffen die Hände falten. Walk betete fast täglich an dieser Stelle, und zwar für seinen Sohn, der schon seit Jahren im Gefängnis saß.

„Könnte es nicht sein", fragte der Priester vorsichtig, „dass Sie sich die Belastung durch Ihren Schwiegervater im Nachhinein viel größer vorstellen, als sie es eigentlich war? Weil Ihnen Ihre Schuld geringer vorkommt, wenn Sie sich selbst einreden, es wäre so das Beste für alle gewesen? Für Ihre Frau, die sich für den Vater aufrieb, und auch für ihn selbst, weil er krank war und sich nur noch quälte? Aber war es in Wahrheit nicht so, dass Sie ihn nur los sein wollten, weil Sie sich durch ihn gebunden und eingeschränkt fühlten und er Ihnen vielleicht auch auf der Tasche lag? Ich glaube, Sie sollten einmal darüber nachdenken und eine ehrliche Antwort finden. Ehrlich vor sich selbst – und vor Gott."

Die Tür des Seitenportals schlug ins Schloss. Eine weißhaarige Frau und ein kleines Mädchen, wahrscheinlich Großmutter und Enkelin, steuerten auf den Opferkerzentisch zu. Das Mädchen nahm eine Kerze von der Ablage und zündete sie an. Die Frau führte ihm dabei die Hand.

„Ja", hauchte der Mann, „ja, Sie haben Recht. Mein Schwiegervater war kein Haustyrann, der alle schikanierte, sondern nur lästig und sonst nichts. Und dabei ... dabei war er zeitlebens nur für seine Familie dagewesen ..." Die Stimme wurde leiser und immer leiser. „Meine Frau hat mir erzählt, dass er im Krieg seine Uhr eingetauscht hatte für ein Brot, das er den Kindern gab, und im Winter hatte er seinen Mantel ausgezogen für einen Sack Kartoffeln, damit die Kleinen was zu essen hatten ... Er ... er hatte mehr verdient, viel mehr sogar! Einen schönen und friedlichen Lebensabend, aber doch nicht sowas!"

Pfarrer Lambrecht blickte wieder durch die Antikglasscheibe hinaus in die Kirche. Lehrer Scheuermann und Frau Schnabel waren gegangen. Bauer Walk kniete noch immer vor dem Ewigen Licht. Die weißhaarige Dame und ihr Enkelkind standen vor dem Taufbecken und tuschelten miteinander.

„Und damit, mit dieser Einsicht, werden Sie nicht fertig. Sie tragen diese schwere Last nun schon seit sechs Jahren mit sich herum und können sie nicht nur nicht abwerfen, sondern sie wird auch noch mit jedem Tag schwerer, nicht wahr?"

Der Mann schluckte. „Ja", wisperte er schließlich. „Ja, so ist es."

„Und Sie haben niemals mit jemanden darüber gesprochen?"

„Mit niemandem, Herr Pfarrer, mit niemandem. Mit wem hätte ich denn über sowas reden kön-

37

nen?"

Pfarrer Lambrecht sah den Mann hinter dem Sprechgitter mitfühlend an.

„Zum Beispiel mit Gott. Er weiß es ohnehin."

Der Mann schluckte nochmals, doch dann ging sein Atem tief und ruhig. Pfarrer Lambrecht fühlte, wie wohl es ihm tat, sich diese schwere Schuld endlich einmal von der Seele reden zu können. Jetzt musste er seinen Frieden mit Gott finden, musste mit sich selbst wieder ins Reine kommen. Der Priester sah wieder nach draußen. Bauer Walk stand am Ausgang, tauchte die Hand ins Weihwasserbecken und bekreuzigte sich.

„Ich nehme an, Sie kennen das Sankt-Vinzenz-Altenheim hier am Ort?"

„Ja", flüsterte der Mann.

„In diesem Heim sind sehr viele alte Menschen, die niemanden mehr haben. Abgeschobene, Vergessene und Verstoßene, die sich verzweifelt nach etwas Liebe und Herzenswärme sehnen, nach einem freundlichen Wort, einem offenen Ohr für ihre kleinen Sorgen ..."

„Ich verstehe, Herr Pfarrer." Die Stimme klang fest und sehr gefasst. „Ich werde für diese Leute da sein und mich um sie kümmern. Ich glaube, damit kann ich einiges wieder gut machen. Nicht alles, aber einiges."

„Ich gebe Ihnen dies als Buße auf Es ist gewiss keine leichte Aufgabe, aber es ist auch keine kleine Schuld, die Sie abzutragen haben. Und nun gehen Sie hinüber zum Marienaltar, stellen Sie eine

Kerze auf und beten Sie das Apostolische Glaubensbekenntnis und das Vaterunser." Pfarrer Lambrecht hob die Hand und schlug das Kreuzzeichen. „Ego te absolvo", sagte er rau.

„Amen."

Der Mann bekreuzigte sich linkisch. Die Kniebank knarrte, als er aufstand; die Tür des Beichtstuhls wurde geöffnet und vorsichtig wieder geschlossen. Pfarrer Lambrecht lauschte den Schritten auf den Steinplatten, die schwächer und schwächer wurden und sich in der Stille der kleinen Wallfahrtskirche allmählich verloren.

Es waren die müden Schritte eines schweren Mannes.

Moderner Strafvollzug

„Ihre Zeit bei uns sollten Sie sinnvoll nutzen", riet der Gefängnisdirektor dem jungen Mann. „Dass Sie mit Einbrüchen und Autodiebstählen nicht weit kommen, dürfte Ihnen ja jetzt klargeworden sein! Sie haben dreieinhalb Jahre und das ist Zeit genug, um seinem Leben eine neue Richtung zu geben! Der moderne Strafvollzug bietet Ihnen dazu ganz hervorragende Möglichkeiten! Sie könnten sich weiterbilden in der Haft, zum Beispiel lesen und schreiben lernen, vielleicht sogar einen Schulabschluss nachholen ..."

„Pah!", schnaubte Lorenz. Direktor Siebert lehnte sich in seinen schwarzen Ledersessel zurück.

„Nun ja, wenn Sie nicht wollen, dann müssen eben wir Ihren Aufenthalt hier sinnvoll gestalten! Gehen Sie zurück auf Ihre Zeile und morgen früh melden Sie sich zum Arbeitseinsatz!"

Ein stämmiger Gefängniswärter scheuchte Lorenz und die anderen Neuzugänge in den Zellenbau zurück. Die Häftlinge auf den Fluren traten zur Seite. Jupp, der zusammen mit Lorenz eingeliefert worden war, schien bereits einige zu kennen.

„Das ist Artur aus der Gefängnisbücherei", flüsterte er. „Hat vierzehn Millionen unterschlagen und keiner weiß, wo sie geblieben sind!"

Lorenz nickte beeindruckt. Er hatte zwar nie eine Schule besucht, aber dass vierzehn Millionen eine gewaltige Stange Geld waren, das wusste er schon.

„Und das da ist Rainer aus der Gefängnisapotheke. Hat an die fünf Millionen Beute gemacht, ehe sie ihn geschnappt haben!"

Alle Achtung! Fünf Millionen Beute, dafür musste man ganz schön gewitzt sein! Bis Lorenz in seine Zelle gelangt war, hatte ihm Jupp bereits die Lebens- und Vorstrafengeschichte von jedem zweiten Gefangenen anvertraut. Bankräuber gab es und Geiselnehmer, Schutzgelderpresser und Geldfälscher, erfolgreiche Bordellkönige und clevere Anlagebetrüger. Lorenz´ Selbstbewusstsein erhielt einen gewaltigen Knacks, weil es bei ihm noch nicht einmal zum Autoknacker gereicht hatte.

Vom nächsten Morgen an durfte er bei Wind und Wetter den Gefängnishof fegen und die Abfallkübel ausleeren. Und das für lächerliche acht Euro Häftlingslohn am Tag! Oft war Lorenz abends so kaputt, dass er nach der Essensausgabe gleich auf seine Pritsche sank und bis zum nächsten Morgen durchschlief. Schade, dass es für ihn keine Arbeit gab wie für Artur oder Rainer, die schlimmstenfalls einmal ein Buch oder eine Pillenschachtel heben mussten, allerdings mit neunzehn Euro fünfzig täglich nach der höchsten Häftlingslohnstufe bezahlt wurden. Lorenz erklärte sich das so, dass die Sträflinge wohl erst im Laufe der Zeit in die besseren Stellungen aufstiegen. Stutzig wurde er allerdings, als Jupp, der doch zusammen mit ihm eingeliefert worden war, eines Morgens nicht mehr zum Hoffegen ausrückte, sondern zur Arbeit in der Gefängnisküche. Hier arbeitete er im Warmen zu einer höheren Lohnstufe von elf Euro zwanzig am Tag und konnte Däumchen drehen. Lorenz bat daraufhin um ein Gespräch mit dem Gefängnisdirektor und verlangte ebenfalls eine leichtere und besser bezahlte Arbeit.

„Das geht nicht", beschied ihn Direktor Siebert. „Nur wer etwas Ordentliches gelernt hat, kann auch in bessere Stellungen vermittelt werden. Ihr Freund Jupp hat in unserer Gefängnisschule einen Fortbildungskurs absolviert und konnte deshalb in die Gefängnisküche wechseln. Aber Sie? Wie wollen denn Sie in der Küche arbeiten, wo Sie noch nicht einmal die Etiketten auf den Dosen lesen können? Von der Bücherei oder gar der Gefängnisapotheke ganz zu schweigen! Nein, nein, zu was anderem als Hoffegen können wir Sie nicht einsetzen. Das leuchtet Ihnen doch ein, oder?"

Ja, das leuchtete sogar Lorenz ein. Traurig zuckte er mit den Schultern. Doch Direktor Siebert wusste, wie er ihm Mut machen konnte.

„Nächste Woche fängt ein neuer Kurs in der Gefängnisschule an", begann er gespreizt. „Er dauert ein halbes Jahr. Nehmen Sie daran teil und wir werden anschließend auch eine bessere Arbeit für Sie haben! Der Kurs ist ganz einfach und wenn Sie trotzdem mit irgendwas nicht zurechtkommen, werden Ihnen andere Gefangene schon helfen und ein wenig mit Ihnen üben. Ich denke etwa an den aus der Apotheke oder den aus der Bücherei. Sie sollten sich die Sache mit der Weiterbildung mal ernsthaft durch den Kopf gehen lassen! Der moderne Strafvollzug bietet Ihnen da doch die besten Möglichkeiten! Bedenken Sie dabei auch, dass ein abgeschlossener Fortbildungskurs ein ganz, ganz dicker Pluspunkt für eine vorzeitige Entlassung ist und natürlich auch für Ihre Fortkommen danach!"

„Mal sehen", brummte Lorenz und stapfte auf seine Zelle zurück. Wenn dies der einzige Weg war, um vom Hofreinigungskommando weg- und zu einer besseren Arbeit zu kommen, blieb ihm wohl kaum eine andere Wahl. Also marschierte er von nun an jeden zweiten Abend in die Gefängnisschule und büffelte Bruchrechnen und Rechtschreibung. Mehr als einmal warf Lorenz die Bücher in die Ecke und schwor sich, sie niemals mehr anzurühren. Aber dann dachte er wieder daran, dass ihm diese widerwärtige Paukerei trotz allem nur nutzen würde, hob die Bücher auf und ochste weiter. Rainer und Artur übten geduldig mit ihm und lobten immer wieder seine Fortschritte und Lorenz legte sich mächtig ins Zeug, um ihnen zu beweisen, dass ihre Mühe nicht vergeblich gewesen war. Endlich, nach sechs harten Monaten, hielt er das Abschlusszeugnis der Gefängnisschule in den Händen und wurde gleich am nächsten Nachmittag in das Büro des Gefängnisdirektors beordert.

„Ihren Weiterbildungskurs haben Sie ja nun erfolgreich abgeschlossen", gratulierte ihm Direktor Siebert, „und somit können wir Sie auch für höhere Tätigkeiten einsetzen! Ab morgen arbeiten Sie in der Kleiderkammer, und zwar in Lohnstufe zwei für elf Euro zwanzig am Tag! Sie sehen, Fortbildung zahlt sich aus! Nur weiter so, das Zeug dazu haben Sie und den Nutzen daraus sowieso!"

Stolz und zufrieden wandelte Lorenz auf seine Zelle zurück, und vom nächsten Morgen an führte er auf der Kleiderkammer peinlich genau Buch darüber, welcher Häftling welche Wäschestücke ausgehändigt bekam. Die Arbeit war leicht und der Mehrverdienst gut zu brauchen; Direktor Siebert hatte tatsächlich recht gehabt, der zweite Bildungsweg zahlte sich aus. Mit dieser Erkenntnis bestärkt, nahm Lorenz wenig später an einem Schreibmaschinenkurs teil, den er ebenfalls erfolgreich abschloss. Fortan wurde er als Schreiber beschäftigt, eine sehr verantwortungsvolle und mit dreizehn Euro pro Tag bezahlte Tätigkeit.

„Es freut mich außerordentlich, wie sinnvoll Sie Ihre Haftzeit und die Möglichkeiten des modernen Strafvollzuges genutzt haben", lobte Direktor Siebert, als er Lorenz die vorzeitige Entlassung verkündigte. Lorenz hatte das Gesuch selbst in Reinschrift und völlig fehlerfrei bei Gericht eingereicht. „Jetzt haben Sie es nicht mehr nötig, Autos zu stehlen, und werden es draußen viel, viel einfacher haben! Für die Zukunft wünsche ich Ihnen alles Gute!"

Lorenz dankte höflich, ließ sich an der Gefängniskasse seinen angesparten Häftlingslohn auszahlen und ging. Er war voller Zuversicht und fest entschlossen, seinem Leben eine neue Richtung zu geben.

Es war kurz vor Mittag, als ein bärtiger, elegant gekleideter Herr in die Bankfiliale trat, eine lederne Aktentasche auf den Schalter legte und dem Kassierer ein zusammengefaltetes, maschinenbeschriebenes Blatt

Papier entgegenstreckte. Der Kassierer faltete es auseinander, wurde weiß, schluckte und wusste sofort, dass ihm die dicke Panzerglasscheibe nicht viel nützen würde, wenn dieser elegante Herr jetzt wirklich eine Handgranate aus seiner Mappe nehmen und hinüberwerfen würde. Also hütete er sich davor, an die Alarmleiste zu kommen, und schob mit zitternden Händen ein Banknotenbündel nach dem anderen durch die Durchreiche. Der bärtige Herr verstaute das Geld in seiner Aktentasche, verabschiedete sich höflich und verschwand ohne besondere Eile draußen zwischen den Fußgängern. In einer öffentlichen Toilette spülte Lorenz den falschen Bart und die Perücke hinunter, tauschte das feine Jackett gegen eine abgewetzte Jeansjacke aus, stopfte die soeben vereinnahmten vierzigtausend Euro in eine unauffällige Plastiktüte und spazierte mit einem frohen Lied auf den Lippen von dannen. Direktor Siebert hatte recht behalten: Die Weiterbildung machte sich bestens bezahlt, und in Zukunft würde er es viel, viel einfacher haben.

Ein Schleichweg nach Tursbach

Dem Mädchen, das vor der Berufsschule an der Straße stand und den Daumen rausstreckte, schien die glühende Hitze nichts auszumachen. Carsten spürte sie dafür um so mehr: Im Auto herrschte eine Temperatur wie im Backofen und der Schweiß schwappte ihm sogar in den Schuhen. Einige Meter hinter der Anhalterin kam er zum Stehen und sah im Rückspiegel, wie sie ihre Schultasche aufhob, sich die Locken aus der Stirn strich und mit schwingenden Hüften und wippenden Brüsten auf das Auto zustakste.

„Hallo", säuselte sie und plumpste in den Sitz. „Oh, so sieht man sich wieder!"

Carsten kannte sie flüchtig von der Imbissbude, zu der er manchmal in der Mittagspause kam. Sie hieß Sylvia und lernte Fleischereifachverkäuferin.

„Tag", grüßte er wohlgelaunt und trat das Gaspedal durch. „Schule schon aus?"

„Ja, endlich!", schnaufte Sylvia und klinkte den Sicherheitsgurt ein. „Bei dieser Affenhitze hätten sie uns ruhig eher weglassen können, aber denkste! Wo man doch so schön am Baggersee liegen könnte!"

Carsten patschte auf das Autoradio und drehte die Musik etwas leiser. „Genau da will ich jetzt hin. Wenn du magst, kann ich dich mitnehmen."

„Och nö." Sylvia blies sich die Haare aus der Stirn. „Ich hab´ nämlich kein Schwimmzeug dabei."

„Wir könnten bei dir zu Hause vorbeifahren und es holen", versuchte er es nochmals.

„Nö, nö, lass mal", wehrte Sylvia ab. Mit jedem anderen wäre sie gefahren, aber doch nicht mit diesem Fettwanst! Carsten ließ sich die Enttäuschung nicht anmerken, lächelte schmalzig und zog an einer klotzigen Limousine vorbei.

„Hui, der geht aber ab! Wieviel PS hat ´n der?"

„Hundertsechzig. Aber nächste Woche muss er in die Werkstatt, weil was am Verteilerkopf kaputt ist. Dann lass´ ich die Ventile neu einstellen, und danach bringt er noch mehr."

Die Straße lag breit und frei vor ihnen, und Carsten konnte die hundertsechzig PS unter Beweis stellen. Bäume und Wiesen flogen vorbei. Auf den Feldern war hier und da ein Mähdrescher zu sehen.

„Wo muss ich dich eigentlich absetzen?"

„In Tursbach."

„In Tursbach?" Carsten versuchte ein Lächeln. „Wie kann man denn nur in Tursbach wohnen?"

„Ich hab´s mir nicht ausgesucht", seufzte Sylvia und rieb die langen, braunen Schenkel aneinander. Carsten registrierte mit einem Seitenblick, dass sie die Holzsandalen abgestreift hatte und mit den nackten Zehen an der Fußmatte herumkratzte. Sie kamen jetzt nach Hillmarschen herein. Carsten zog den Sportwagen rasant um die Verkehrsinsel am Ortseingang herum, musste dann aber mit dem Tempo runtergehen. Als er vor dem Fußgängerüberweg anhielt, um eine dicke Frau mit Hund und Einkaufstasche über die Straße zu lassen, soff der Motor ab.

„Ja, ja", stichelte Sylvia, „der Verteilerkopf!"

Carsten sah ihre prallen Brüste in der offenen Bluse.

Eine Sekunde lang spielte er mit dem Gedanken, sie anzugrapschen.

„Hab´ ja gesagt, der Wagen muss in die Werkstatt." Carsten drehte den Zündschlüssel und legte einen Kavalierstart hin. Ein älterer Mann auf dem Gehweg schüttelte die Faust hinter ihnen her.

„Darf ich rauchen?" Sylvia warf Carsten einen Blick zu, der einen Eisberg zum Schmelzen gebracht hätte. Sie spürte, dass sie ihm gefiel, und machte sich einen Spaß daraus, dem Dicken ein wenig den Kopf zu verdrehen.

„Dazu brauchst du nicht zu fragen. Hier, hol mir auch eine raus." Carsten nahm ein Päckchen Marlboro vom Armaturenbrett und reichte Sylvia die Zigarettenschachtel. Einen Herzschlag lang berührten sich ihre Finger.

„Hast du auch im Herbst Zwischenprüfung?", gab sich Carsten interessiert.

„Ja, hab´ ich. Und danach, danach muss ich mit dem Führerschein anfangen." Sylvia räkelte sich in dem tiefen Sitz und schoss abermals einen funkelnden Blick ab.

„Was heißt das, ich muss? Wieso musst du denn?"

Sylvia nahm einen tiefen Zug. „Ach, eigentlich nur wegen meiner Mutter. Sie will unbedingt, dass ich den Lappen mache. Dann kann ich ihr Auto kriegen, wenn ich mal weg will, und das ist dann nicht so gefährlich."

Sie waren jetzt aus Hillmarschen heraus. Carsten überholte einen Traktor und Sylvia wurde wieder in den Sitz zurückgedrückt. Dieses Mal sagte sie nicht

„Hui!"

„Was ist denn daran gefährlich, wenn du mal weg willst?" Carsten musste runterschalten, denn die Straße bestand fast nur noch aus Kurven. Durch das offene Schiebedach brannte die Sonne auf das Armaturenbrett.

„Ach, meine Alten haben irrsinnige Angst, dass mir sowas passiert wie der Sabine aus der Friseurklasse. Schwachsinn! So blöd wär´ ich nun wirklich nicht, zu so ´nem Typen ins Auto zu steigen!"

Carsten schaute in den Seitenspiegel und setzte sich hinter der Linkskurve vor einen Omnibus. Bei der Erinnerung an Sabine lief es ihm eiskalt den Rücken hinunter. Auch sie war oft an der Imbissbude vor der Berufsschule gewesen. Groß, schlank, mit braunen Augen, einem strahlenden Lachen und pechschwarzen, langen Haaren. Ein Traum von einem Mädchen, aber für ihn natürlich so unerreichbar wie die Sonne. Er wischte sich den Schweiß von der Stirn und musste schlucken.

„Aber du trampst doch auch!"

Sylvia zog an ihrer Zigarette und klopfte die Asche aus dem offenen Fenster. „Nein, normal nie. Das heute ist ´ne Ausnahme. Bei diesem schönen Wetter will ich nicht so lange auf den Bus warten." Sie kratzte sich über die Oberschenkel, und ihre Fingernägel hinterließen rote Streifen auf dem braunen Fleisch. „Außerdem guck´ ich schon, bei wem ich einsteige. Wenn mir einer nicht geheuer vorkommt, fahr´ ich nicht mit!"

„Ich weiß es zu würdigen", spöttelte Carsten. Sylvia

merkte ihm die Beklemmung nicht an.

„Wenn sie diesen Dreckskerl kriegen, müssten sie ihn vierteilen! Wie der Sabine zugerichtet hat! Vergewaltigt, zerbissen und ganz zerkratzt! Und dann auch noch mit ´nem Telefonkabel erdrosselt! Das muss ´n Kranker sein, irgend so ´n Triebverbrecher, der nie bei ´ner Frau landen kann und darüber ausrastet! Sowas gehört vergast!"

Sylvia redete sich richtig in Rage, und das stand ihr gut.

„Um ihn zu vergasen, muss man ihn aber erst mal haben!"

„Den erwischen sie schon, gar keine Frage!" Sylvia rutschte

im Sitz hin und her und drehte ihre breiten, ausladenden Hüften. „Unser Nachbar ist bei der Polente. Er hat gesagt, das soll im Fernsehen gebracht werden, in `Aktenzeichen XY´ oder `Kripo live´, und dann ist er ruckzuck geschnappt!"

„Gut möglich", presste Carsten heraus und bremste. Auf dieser kurvenreichen Straße konnte er den Baustellenlaster unmöglich überholen.

„Unser Nachbar sagt, im Frühjahr ist unten am Steigerwald was Ähnliches passiert. Mit ´ner Nutte. Die ist genauso umgebracht worden und das muss derselbe Täter gewesen sein." Sylvia blies eine Rauchwolke von sich, streckte die Hände aus dem Schiebedach nach draußen und ließ den Fahrtwind durch die langen, braunen Finger streichen.

„Wo? Am Steigerwald? In dieser gottverlassenen Gegend?"

„Ja. Kennst du die Ecke?"

„Und ob! Muss manchmal für unsre Firma zum Ausliefern dorthin. Das ist am Arsch der Welt, kann ich dir sagen!"

Der Wagen rumpelte über den Bahnübergang. Carsten schnippte die Zigarettenkippe aus dem Fenster. Er fühlte sich traurig und niedergeschlagen und fröstelte trotz der tropischen Hitze. Die Straße führte jetzt durch einen hohen Mischwald, und sie konnten die Vögel zwitschern hören. Carsten setzte den Blinker. Sylvia nahm die Hände vom Wagendach und schaute ihn verwundert an.

„Was ist, warum biegen wir ab?"

Carsten versuchte zu lächeln, aber es wurde nur eine Grimasse daraus. Sein Magen krampfte sich zusammen.

„Hab´ keine Lust, noch länger hinter dem Laster herzudackeln. Ich nehm´ hier den Schleichweg nach Tursbach. Ist ´ne Abkürzung." Dass diese Abkürzung, ein geschotterter Waldweg, für den öffentlichen Verkehr gesperrt war, schien ihn nicht weiter zu stören.

„Schleichweg passt genau", lästerte Sylvia. „Da sagen sich ja Fuchs und Hase gute Nacht! Hier kommt doch bestimmt nur alle Jubeljahre mal wer durch!"

Carsten kaute auf seiner Unterlippe und sagte nichts. Splitt und Schotter prasselten gegen den Wagenboden, Bäume huschten vorbei, und die Sonne drang nur noch schwach durch das Blätterdach.

„Heut´ haben die aber wirklich nur Schnulzen im Radio." Sylvia verdrehte die Augen. „Kann ich nicht mal was andres suchen?" Sie hob den rechten Fuß auf den

Sitz, umfasste das Schienbein mit beiden Händen und durchbohrte Carsten mit einem geradezu obszönen Blick.

„Aber klar!" Er schluckte, atmete schwer und krampfte beide Hände um das Lenkrad. Der Weg war jetzt so holprig, dass er fast auf Schritttempo runtergehen musste. Zu beiden Seiten standen Farnsträucher und Holunderbüsche, hohe Fichten und knorrige Buchen.

„Welche Musik hörst du denn gerne?" Carsten Stimme klang wie ein Reibeisen. „Oldies? Rock´n Roll? Oder Country-music?" Er drehte den Kopf und spähte in den Seitenspiegel. Sie waren bereits ein gutes Stück von der Landstraße entfernt. Der Waldweg lag still und verlassen hinter ihnen.

„Nö, nicht mein Fall." Sylvia drückte ihre Zigarette im Aschenbecher aus. „Am liebsten sind mir die Top ten. Was´n los, warum halten wir?" Sie spreizte die Zehen und blinzelte Carsten an. Er spürte ihren heißen, feuchten Atem. Über ihnen krächzte ein Eichelhäher.

„Wieder der Verteilerkopf, oder?"

Carsten schaltete den Motor aus. Er war leichenblass geworden. Das Herz schlug ihm bis zum Halse.

„Nein, nein, der Verteilerkopf ist es nicht. Der ist ganz in Ordnung."

Carsten löste seinen Sicherheitsgurt. Dann zog er ein Telefonkabel unter dem Sitz hervor.

Der Clown Ravana

Ich arbeite im Autohaus Schiebelmann an der Auftragsannahme. Vorige Woche war in unserem Schaufenster ein Plakat ausgehängt worden, welches auf eine Zirkusvorstellung auf dem Marktplatz hinwies. Meine Chefin ging mit ihren Kindern zur Vorstellung und war hellauf begeistert. „Das müsst ihr euch unbedingt ansehen!" rief sie meinen Kollegen und Kolleginnen und mir. „Ein ganz berühmter Clown tritt dort auf, Charly Ravana, von dem man schon oft in der Zeitung gelesen hat und über den auch im Fernsehen berichtet worden ist! Er hat Späße auf Lager, das glaubt ihr nicht! Ihr lacht euch tot! Das solltet ihr euch auf gar keinen Fall entgehen lassen!"

Ich kenne Frau Schiebelmann schon lange; wenn sie so von dem Clown schwärmte, dann musste es wirklich eine gelungene Vorstellung sein. Deshalb ging ich vorigen Sonntag mit unseren beiden Kindern ebenfalls zur Nachmittagsvorstellung. Die Akrobaten boten eine sehr gute Vorstellung und auch die Dompteure und die Zauberkünstler, aber die große Nummer Charly Ravana, ein kleiner Mann mit einer aufgesetzten roten Nase, einer silberfarbenen Perücke und einem riesigen Zylinderhut, stellte sie alle in den Schatten. Als Erstes trat er zusammen mit dem Löwen Simba auf, zupfte ihn erst an der Schwanzspitze und dann an der Nase, so dass der Löwe laufend nießen musste. Die Leute hielten sich die Bäuche vor Lachen. Anschließend trat Charly Ravana ins Publikum, reichte einem vornehm aussehenden Herrn eine Blume, und als der Mann die Blume in die Hand nahm, zerplatzte diese mit einem lauten Knall und bespritze ihn von oben bis unten mit Wasser. Alles bog sich vor Lachen, sogar der nassge- spritzte Mann selbst.. Dann kam Ravana zu mir, gab mir freundlich die Hand … und plötzlich saß ein Frosch auf meiner Schulter und quakte laut. Wie ha- ben meine Kinder und die anderen Zuschauer gelacht! So ging es eine halbe Stunde lang, und am Ende war so viel gelacht worden, dass einige Zirkusbesucher sogar blau im Gesicht waren, weil sie keine Luft mehr bekamen! Frau Schiebelmann hatte uns nicht zuviel versprochen; es war wirklich ein sehr lustiger Nach- mittag gewesen.

Am nächsten Tag, es war ein Montag, kam ein neuer Kunde zu uns ins Autohaus. Er war ein kleiner, weiß- haariger Herr mit tiefen Kummerfalten, glanzlosen Augen und einer dicken Brille. Er trug einen alten Anzug, dessen Jacke schon mehrmals geflickt worden war.

„Guten Tag", grüßte ich freundlich, „was kann ich für Sie tun?"

„Ach", seufzte alte Herr, „ich habe Ärger mit meinem Auto. Es springt nicht mehr an; ich weiß nicht, was ich machen soll, und für eine teure Reparatur habe ich kein Geld. Können Sie mir trotzdem helfen?"

Ich sah, dass der alte Mann mehr als verlegen war.

„Wenn´s nur der Anlasser ist, brauchen Sie sich keine Sorgen zu machen", versuchte ich ihn zu trös- ten. „Unser Meister kriegt das schon wieder hin. Trau- rig sein brauchen Sie nicht, und –"

„Traurig sein brauche ich nicht?", unterbrach mich der alte Herr. „Ich weiß schon gar nicht mehr, wann ich das letzte Mal gelacht habe, so dreckig geht es mir!" Ein verlegenes Lächeln. Er schluckte und schaute zu Boden. Zum Glück wusste ich, wie ich ihm Mut machen konnte.

„Wenn Sie schon lange nicht mehr gelacht haben, sollten Sie den Zirkus besuchen, der diese Woche auf dem Marktplatz gastiert! Dort tritt ein ganz berühmter Clown auf, Charly Ravana. Der bringt jeden zum Lachen, wirklich jeden! Besuchen Sie die Vorstellung heute Abend, und was glauben Sie, wie Sie wieder lachen können!"

Der alte Herr schluckte nochmals. Dann nötigte er sich ein bitteres Grinsen ab. „Vielen Dank für den guten Rat. Leider nur nutzt er mir nichts. Denn wissen Sie: Ich selbst bin Charly Ravana."

Geburtstagsgrüße

Für den Zusteller war es ein Päckchen wie jedes andere auch: fester Karton, braunes Packpapier, abgestoßene Kanten, mit schmierigem Paketband verklebt und zusätzlich mit einer derben Kordel umhüllt. Für Kerstin war dieses Päckchen aber etwas ganz Besonderes: Es kam am Morgen ihres sechsundzwanzigsten Geburtstages, und es kam von Rolf. Zwar stand kein Absender darauf, aber Kerstin erkannte die Handschrift sofort. Enge, steile Druckbuchstaben, schwarze Tinte, hauchdünne Striche – so schrieb nur Rolf! Seit einem halben Jahr hatte sie nichts mehr von ihm gehört oder gesehen, und jetzt schickte er ihr ein Päckchen zum Geburtstag!

„Besten Dank!" Kerstin lächelte den Paketboten an und legte die Sendung auf den Rauchglastisch im Wohnzimmer. Die würde sie nachher in Ruhe auspacken; jetzt musste sie erst mit den Vorbereitungen für ihre Geburtstagsparty fertig werden. Als sie die Frikadellen zum Abkühlen auf eine Tortenplatte legte und die Dunstabzugshaube ausschaltete, ertappte sie sich dabei, dass sie schon die ganze Zeit unablässig an Rolf dachte.

Kerstin hatte sehr lange mit ihm zusammengelebt, fast anderthalb Jahre – nie zuvor hatte sie es so lange bei ein und demselben Mann ausgehalten. Und nie zuvor hatte sie ein Mann so abgöttisch geliebt. „Ich hab´ dich lieb", hatte Rolf ihr immer und immer wieder gesagt, „ich hab´ dich so unendlich lieb!" Er brachte sie morgens zur Klinik und holte sie abends ab, und wenn Kerstin vom Nachtdienst nach Hause kam, lag jedesmal eine Rose auf dem Frühstückstisch oder ein Schokoladenherzchen und manchmal auch ein kleiner Liebesbrief. Rolf war überaus zärtlich und verschmust, verständnisvoll wie ein Vater, las ihr jeden Wunsch von den Augen ab, überschüttete sie mit Geschenken und war dabei selbst ganz still und bescheiden. Für ihn gab es nur den Branneweiher oder die Weser. „Ich brauch' halt meine Ruhe", brummte er nur, hockte stundenlang mit der Angel am Ufer und grübelte vor sich hin. Oder er saß den ganzen Abend in Hosenträgern und dem großkarierten Hemd am Küchentisch und bastelte an seinen Uhren herum. Basteln konnte Rolf, das musste man ihm lassen! Es war erstaunlich, wie geschickt seine weichen Hände waren, die überhaupt nicht zu der bulligen Statur, dem Stiernacken, den stechenden schwarzen Augen und den zusammengewachsenen Brauen passen wollten. Und die so sanft streicheln konnten ...

„Ach, Rölfchen, so'n Leben ist nichts für mich!" Kerstin faltete den Putzlappen zusammen und legte ihn auf die Spüle. „Da sind wir einfach zu verschieden!"

Was den Nagel auf den Kopf traf: Sie hatte Hummeln im Hintern, wollte frei sein und unabhängig, unter Leute kommen und was von der Welt sehen. Irgendwann hatte sie diesen Trott einfach nicht mehr ertragen. Klammheimlich suchte sie sich eine neue Stelle an der Hessenklinik in Alsfeld, und noch klammheimlicher packte sie ihre Sachen und zog

dorthin. Rolf hatte abends nur noch ihren Abschieds-
brief hinter dem Garderobenspiegel vorgefunden.

„Das war vielleicht ′n Trouble!" Kerstin setzte
sich an den Resopaltisch und begann damit, Schwarz-
brotschnitten und halbe Brötchen mit Gouda, Salami,
Schinken und Kasseler zu belegen. Sie widerstand der
Versuchung, eine Scheibe Käse zu naschen, denn
dann wäre es um ihre Mannequinfigur bald geschehen
gewesen. Nachher, wenn Andrea und Jörg und all die
anderen kämen, würde sie ohnehin mehr als genug
futtern.

Andrea und Kerstin hatten letzten Herbst zusammen
in Alsfeld angefangen und sich gleich miteinander
angefreundet. Die Hessenklinik war ein schönes neues
Krankenhaus, hell und sauber, ganz modern eingerich-
tet, und die Arbeit auf der Inneren Abteilung machte
wahnsinnig Spaß. Andrea und Kerstin gingen abends
gerne ins Bistro oder in eine Diskothek und fanden
auch gleich Anschluss an eine nette Clique. Rolf
war vergessen – bis er eines Nachmittags vor dem
Stationszimmer stand.

„Hier steckst also", presste er zwischen den Zähnen
hervor. „Kannst mir mal sagen, kannst mir mal sagen, was ... was ... was soll denn das, so mir nichts,
dir nichts einfach verschwinden?"

„Hab′ ich dir doch alles aufgeschrieben." Kerstin
schon den Infusionsständer zur Seite. „Es geht nicht
mehr, Rolf, wirklich nicht. Es ist vorbei."

„Aber ... aber warum denn? Warum denn nur?" Rolf
war weiß wie die Wand, und weil Kerstin kein Auf-

sehen wollte, ging sie mit ihm in die Cafeteria. Er bestellte sich einen Irish Coffee und ein Stück Erdbeertorte; sie wollte nichts.

„Rolf, es hat keinen Zweck mehr. Sieh´s ein!" Kerstin schlug die langen Beine übereinander und schaute ihn von oben herab an.

„Aber Kerstin! Das geht doch nicht! Das kannst doch nicht machen! Kannst mich doch nicht so einfach sitzenlassen!" Rolf legte die ölverschmierte Hand so um den Pharisäerbecher, dass der Henkel von ihm wegzeigte, blies hinein und schlürfte in kleinen Schlucken.

„Nimm´s als gegeben hin, Rolf. Nimm´s einfach als gegeben hin!" Kerstin verstand nicht, wie man gleichzeitig so verzweifelt sein und trotzdem in aller Gemütsruhe Kaffee trinken konnte. Aber Rolf steckte nun mal voller Gegensätze. Schon immer.

„Versteh´ ich nicht! Muss doch einen Grund haben! Sag mir doch wenigstens, warum!" Rolf zerdrückte sein Tortenstück, verknetete die Sahne und schaufelte den Brei in sich hinein. Das alles mit dem Kaffeelöffel! Die Ader auf Kerstins Stirn schwoll fingerdick an.

„Wir passen einfach nicht zusammen! Nun sieh es doch endlich ein!"

„Aber Kerstin! Kerstin, um Gottes Willen, Kerstin! Das kannst doch nicht machen!" Rolf wischte sich mit der Serviette den Mund ab und stopfte sie in den Aschenbecher.

„Wenn du das nicht verstehst, tust du mir leid, Rolf!" Kerstin stand auf. „Und nun gib endlich Ru-

he! Ändern kannst du sowieso nichts mehr!" Sie
rückte den Stuhl gerade. „Tu mir einen Gefallen
und mach hier keinen Aufstand. Es ist umsonst.
Wirklich."

Rolf stierte Kerstin mit rotunterlaufenen Augen
hinterher. Seine Kinnladen hatten gezittert und es
war ihr eiskalt den Rücken runtergelaufen.

„Armes Rölfchen! Armes kleines Rölfchen!" Kerstin schichtete die Schinkenbrote auf das ovale Mes-
singtablett, garnierte sie mit Dillspitzen und Mi-xed
Pickles und breitete einen großen Bogen Frischhaltefolie darüber. Dabei reckte sie den Hals und spähte aus dem Fenster, aber von Uli war immer noch
nichts zu sehen.

„Männer!" schmollte Kerstin. „Den ganzen Morgen
im Getränkemarkt rumhängen und das Wiederkommen vergessen! So lange kann es doch nicht
dauern, zwei Kästen Bier zu holen!"

Nein, das konnte es eigentlich nicht. Aber so war
Uli nun einmal. Kerstin hatte ihn im Bistro kennen-
gelernt und sich sofort blendend mit ihm verstanden. Ein interessanter Typ, der sie bannig faszinier-
te: offen, unkompliziert, immer fröhlich, immer am
Lachen. Ein verwegenes Stirnband händigte die
blonde Mähne und der breite Rücken schien die
Lederjacke fast zu sprengen. Gleich am ersten
Abend brachte er Kerstin auf seiner zwölfhunderter
Suzuki nach Hause, am nächsten Tag holte er sie zu
einer Spazierfahrt ab und nach vier Wochen war sie
zu ihm gezogen. Zum Teufel nochmal, wo steckte
er bloß?

„Glaub ja nicht, dass ich mit dem Mittagessen auf dich warte! Da bist du aber auf dem Holzweg!" Kerstin lud die Käse- und Salamibrötchen auf ein Kuchenblech, deckte sie ebenfalls mit Folie ab - und dachte schon wieder an Rolf.

Rolf hatte damals alles darangesetzt, sie zurückzugewinnen. Gleich am nächsten Tag, nachdem sie ihn in der Cafeteria sitzengelassen hatte, war ein großer Strauß roter Rosen gekommen. Dann ein flammender Liebesbrief, dann noch einer, und dann hatte er sie laufend auf der Station angerufen. Dass damit nichts zu erreichen war, ging einfach nicht in seinen Bauernschädel hinein. Eines Nachmittags erschien er wieder unverhofft im Schwesternzimmer, und nun lief ihr die Galle über. „Du Schlappschwanz!" brüllte sie ihn an. „Du Waschlappen! Lass mich endlich in Ruhe und hau ab!" Rolf zischte etwas von Zimtzicke und Verrat und Betrug, und jetzt schleuderte Kerstin ihm ins Gesicht, dass sie schon längst einen Neuen hätte und dass er, Rolf, sie ein für allemal in Frieden lassen sollte. Seinen Blick, als die Oberschwester dazwischengegangen war und ihn von der Station gewiesen hatte, würde Kerstin nie vergessen. Flammender Hass und ohnmächtiger Zorn! Seitdem hatte sie ihn nicht mehr zu Gesicht bekommen.

„Ach Rölfchen!" Kerstin knüllte das Einschlagpapier in den Mülleimer und ließ die Frischhaltefolie im Wandschrank verschwinden. „Dass du mir jetzt was zum Geburtstag schenkst! Aber eigentlich hast du Recht! Sollten uns wieder vertragen! Gute

Freunde können wir schließlich bleiben!" Sie räumte Mixed Pickles und Margarine in den Kühlschrank und schob die beiden Platten mit Sandwiches an den äußersten Rand des Tisches. Im Treppenhaus dröhnten eisenbeschlagene Stiefel, ein Schlüsselbund rasselte, und dann polterte Uli zur Wohnungstür herein.

„Hallo Karbolmäuschen!", lachte er und stellte zwei Kästen Warsteiner im Flur ab. „Hm, das riecht aber gut! Schnitzel?"

„Frikadellen", säuselte Kerstin. „Ich hab´ für nachher schon alles fertig."

„Prima!" Uli schob sich durch die Küchentür und tätschelte ihren Po. „Da möchte´ ich grad drüber herfallen! Und danach über dich! Haste ´nen Kaffee?"

„Hier. Wir können essen, wenn du magst." Kerstin schob

die Tasse zu Uli hinüber, wischte den Tisch ab und schüttelte den Lappen über dem Spülbecken aus. Uli gab Dosenmilch und reichlich Zucker in seinen Kaffee, rührte um und trank, ohne den Löffel rauszunehmen.

„Prima. Aber erst muss ich mal aufs Klo."

Kerstin trocknete ihre Hände am Geschirrtuch ab.

„Und ich, ich muss erst mein Päckchen auspacken! Ist eben mit der Post gekommen. Bin irre neugierig, was ich gekriegt hab´!"

„´n Päckchen?" Uli warf seine Lederjacke auf die Telefonbank im Flur. „Du? Von wem denn?"

„Tja, das möchtest wohl gerne wissen! Sag´ ich aber nicht! Das errätst du nie!"

„Gut möglich." Uli zuckte mit den Schultern und drückte die Badezimmertür hinter sich zu. Kerstin stelzte ins Wohnzimmer, plumpste auf die Couch, nahm das Paket auf die Knie und zerfetzte die Schnur mit dem Küchenmesser. Auf der Toilette rauschte die Wasserspülung.

„Ach Rölfchen!" Kerstin riss das Packpapier auf, eine bunte Bildpostkarte fiel zu Boden und zum Vorschein kam eine blaue Pappschachtel, etwas kleiner als eine Zigarrenkiste und recht schwer. Bestimmt hatte Rolf wieder etwas gebastelt. Eine Uhr? Ein Modellauto, das fahren konnte? Oder gar eine Spieldose mit einer sanften, verträumten Melodie?

„Ach Rölfchen, das ist aber lieb von dir! Du hättest mir doch nichts zu schenken brauchen! Ich bin dir ja überhaupt nicht mehr böse! Schon längst nicht mehr!" Kerstin freute sich wie ein Schneekönig, und als sie sich vorbeugte und den Deckel abhob, schien ihr die kecke Frühlingssonne mitten ins Gesicht. Sie hörte, wie Uli das Badezimmerfenster auf Kippe stellte und den Wasserhahn aufdrehte.

Kerstin spürte noch, wie ihr die Explosion die Hände und das Gesicht wegriss und sie mit der Couch gegen die Wand schleuderte. Sie registrierte sogar noch die grelle Stichflamme. Aber dann war plötzlich alles ganz schwarz um sie herum, und der ohrenbetäubende Knall erreichte sie schon nicht mehr.

„Herzlichen Glückwunsch zum Geburtstag. Und alles Gute!", stand in engen, steilen Druckbuchstaben auf der Bildpostkarte.

Ländliches Bildungswesen

Über der Klasse lag ein andächtiges Schweigen. Hier und da wurde eine Seite umgeschlagen oder raschelte ein Löschblatt, eine Bank knarrte und alle schienen mit Eifer bei der Sache zu sein. Bis Mario von seiner Bank hochschoss.

„Herr Lehrer! Herr Lehrer! Da draußen auf dem Schul-hof ist ein Auto angekommen! Und nun ... nun krabbelt so´n Opa da raus, so´n komischer! Der sieht aus wie –"

„Mario! Sofort setzt du dich wieder hin und hältst die Klappe!" Oskar Erbelschmidt, der neue Klassenlehrer, klopfte mit seinem Lineal auf den Tisch. „Das ist der Schulrat, der da kommt! Er hat sich für heute ange-sagt! Dass ihr ja alle aufsteht und laut und deutlich antwortet, wenn er euch was fragt! Und du, Mario, benimmst dich gefälligst!"

Er legte das Lineal aufs Pult zurück und las aus sei-nem Buch den nächsten Satz ab.

„Der Dieb stiehlt die Brieftasche!"

Die Kinder beugten sich über ihre Hefte; Federn kratzten auf dem Papier. Lehrer Erbelschmidt patrouillierte die Fensterreihe entlang und schaute dem einen oder anderen über die Schulter. Neben seinem Musterschüler blieb er stehen.

„`Dieb´ wird groß geschrieben, Mario, und in `stiehlt´ hast du das h vergessen! Pass doch ein wenig auf, du Schlafmütze!"

Mario berichtigte die Fehler und grunzte missmutig.

„Wieder hat dies niemand gesehen", fuhr Lehrer Erbelschmidt fort. Die Kinder schrieben. Dann klopfte es laut. Oskar Erbelschmidt fasste sich an die Krawatte und holte tief Luft.

„Herein!"

Die Tür ging auf und anher schritt ein hochgewachsener, würdevoll dreinblickender Herr mit einem weißen Haarkranz und einem Gesicht voller Falten. Ihm folgte ein kleiner, schmerbäuchiger Mann mit Nickelbrille und einer dünnen Mappe unter dem Arm. Alle spritzten von den Stühlen hoch.

Der würdevoll dreinblickende Herr lächelte gütig.

„Guten Morgen, Kinder, guten Morgen!"

„Guten Morgen, Herr Schulrat!!"

„Setzen, bitte setzt euch doch!"

Alle ließen sich wieder auf ihre Stühle nieder. Der würdevoll dreinblickende Herr zockelte dem Lehrer entgegen und reichte ihm die Hand.

„Guten Morgen, mein lieber Erbelschmidt, guten Morgen! Halten eben Unterricht, wie ich sehe, halten Unterricht! Sehr schön! Was steht denn auf dem Stundenplan?"

„Wir haben Rechtschreiben, Herr Schulrat, und üben für ein Diktat!"

„Ah, Rechtschreiben, aha." Der würdevoll dreinblickende Herr lächelte weiter, trippelte durch die Fensterreihe, tätschelte Steven über den Haarschopf und beugte sich über sein Heft.

„Ah, mit dem ie habt ihr's heute, mit dem ie." Er nahm das Heft hoch, hielt es weit von sich, blätterte ein paar Seiten zurück und nickte anerkennend.

„Schön, mein Junge, sehr schön! Nicht einen Fehler im ganzen Heft, sowas sehe ich gerne, sehr gerne. Nur etwas größer schreiben könntest du." Der Schulrat legte die Kladde zurück und krauchte weiter. Neben Sabrina hielt er abermals an, griff nach ihrem Heft und streckte es weit von sich.

„Eine schöne Handschrift, mein Kind, eine sehr schöne Handschrift! Und auch alles ohne Fehler! Sehe ich gerne, wirklich gerne. Nur weiter so."

Er klappte das Heft zu, legte es wieder vor Sabrina hin und taperte weiter. Neben Mario blieb er stehen und legte ihm die Hand auf die Schulter.

„Geh an die Tafel, mein Junge, geh an die Tafel und schreib an, was ich diktiere. Die anderen schreiben ins Heft mit."

Lehrer Erbelschmidt wurde blass. Mario stieg aus der Bank, stapfte zur Wandtafel und wartete. Der Schulrat krauchte zum Pult, griff sich Erbelschmidts Buch und nahm das Lesezeichen heraus.

„Der Imker, der Imker hat vier Bienenstöcke."

Die Kinder begannen zu schreiben. Mario griff entschlossen zur Kreide und schmierte den Satz an die Tafel. Lehrer Erbelschmidt schluckte. Der Schulrat schaute die Wandtafel lange und verwundert an, gab sich dann einen Ruck und wandte sich zur Klasse um.

„Seht mal, was er da angeschrieben hat, seht mal! Ist das so richtig? Du da – nein, du, mein Kind! Das Mädchen in dem blauen Kleid!"

Julia trat aus der Bank und knickste. „Nein, Herr Schulrat, das ist Scheiße! `Vier´ wird nicht mit f, sondern mit v geschrieben, und `Bienenstöcke´ schreibt

67

man groß!"

„Gar nicht!", plärrte Mario. „Die spinnt ja, die blöde Kuh!"

Dem alten Herrn verschlug es die Sprache.

„Wie ... wie bitte? Äh ... Du irrst, mein Junge, du irrst! Was du angeschrieben hast, ist falsch. Wisch es aus und schreibe es so an, wie sie es gesagt hat!"

Mario presste trotzig die Lippen aufeinander, nahm dann aber doch den Schwamm und berichtigte sein Geschreibsel. Der Schulrat hob das Buch und las den nächsten Satz vor.

„Sie befinden sich zwischen dem Kriegerdenkmal und dem Ziegenstall."

Papier raschelte, Stühle knarrten. Mario schob die Wandtafel ein Stück höher und schrieb den Satz unter den ersten. In Lehrer Erbelschmidts Augen lag blankes Entsetzen. Der alte Herr trat einen Schritt zurück, legte den Kopf in den Nacken, kniff ein Auge zu und seufzte tief.

„Ist das so richtig, wie er es angeschrieben hat? Du da hinten, der Junge im gelben Hemd! Was meinst du?"

Dominik stand auf. „Nein, Herr Schulrat! Dieser Trottel hat `befinden´ mit t geschrieben anstatt mit d! `Kriegerdenkmal´ ist ein Wort, und `Ziegenstall´ hat am Ende zwei l!"

Mario ging in die Höhe. „Von wegen! Das kann man auch so schreiben, ich weiß es genau! Außerdem ist es scheißegal, wie man was schreibt, solange nur jeder weiß, was gemeint ist! Dieser Blödmann da hat ja überhaupt keine Ahnung!"

Dem alten Herrn blieb die Luft weg. Einen solchen

68

Ton war er nun wirklich nicht gewohnt. Doch er zwang sich zur Ruhe. Der kleine Mann mit der Aktenmappe hüstelte dezent.

„Setz dich nur wieder auf deinen Platz, Bursche. Dir dürfte wohl nichts mehr beizubringen sein. – Vielleicht, Herr Schulrat, sollten wir uns einmal das Klassenbuch ansehen ...“

Der alte Herr nickte matt, tatterte zum Pult und nahm das Klassenbuch in die Hand. Der kleine, schmerbäuchige Mann schaute ihm über die Schulter, ließ ihn einige Seiten zurückblättern und flüsterte etwas. Schließlich klappte der Schulrat das Klassenbuch wieder zu.

„Tja, mein lieber Erbelschmidt, mit den Leistungen Ihrer Schützlinge sind wir zufrieden, sind wir eigentlich ganz zufrieden, wenn man mal von diesem Musterknaben dort absieht. Nur das Vokabular, das Ihre Schüler so an sich haben, also dieses Vokabular gibt uns Grund zu allergrößter Sorge! Wo, um alles in der Welt, haben die nur solch einen Wortschatz her?“

Lehrer Erbelschmidt rückte seine Krawatte gerade. „Das frage ich mich manchmal auch, Herr Schulrat! Schon hundertmal hab´ ich diesen Arschlöchern gesagt, dass sie nicht so miteinander reden sollen! Aber auf dem Schulhof und an der Bushaltestelle kommen sie tagtäglich mit den ganzen Vollidioten aus den oberen Klassen zusammen, und was sie von denen aufschnappen, plappern sie sofort nach! Saumäßige Zu-stände, ich weiß, aber was will man machen?“

Dem Schulrat klappte der Unterkiefer runter. Der kleine, dicke Mann warf ihm einen betretenen Blick

69

zu. „Sie werden noch von uns hören!" sagte er zu Lehrer Erbelschmidt, und dann waren beide auch schon zur Tür hinaus. Es war offensichtlich, dass diese Visite den Schulrat mehr als beeindruckt hatte.

Gleichungen und Ungleichungen

Als Gott den Chemielehrer erschuf, muss er etwas vermurkst haben. Augenfälliges Beispiel dafür war Friedrich Paffenholz, der am Theodor-Heuss-Gymnasium Chemie gab. Schulleiter und Kollegen sahen in ihm einen verbitterten, vom Leben enttäuschten Mann, der seine Schwäche hinter ungerechter Strenge zu verbergen suchte, die Schüler dagegen einen stets übellaunigen Pauker mit Schmerbauch und Stirnglatze, dem man besser aus dem Weg ging. Er betitelte sie oftmals mit Anreden, die Erwachsenen gegenüber für eine Beleidigungsklage gereicht hätten. Sein Unmut schlug meist erst nach einem kurzen Gang in den Lehrmittelraum hinter dem Chemiesaal um. Dieser kurze Gang tat dem Lehrer sichtlich gut; manchmal unterrichtete er anschließend sogar in Hemdsärmeln und Hosenträgern, sein Gesicht bekam eine freundliche rote Färbung und die Stunde konnte im lockeren und versöhnlichen Gespräch zu Ende gehen. Dieser Stimmungswandel lag darin begründet, dass im Regal des Lehrmittelraumes hinter Kübeln mit Säuren und Laugen stets eine wohlgefüllte Flasche C_2H_5OH stand, besser bekannt unter der geläufigen, wenn auch unwissenschaftlichen Bezeichnung „Doppelkorn".

Um sich vor Säuren, Laugen und ähnlichem Gebräu zu schützen, trug Lehrer Paffenholz stets einen weißen Kittel und war überzeugt, damit auch die Würde eines Universitätsprofessors oder hochkarätigen Wissenschaftlers zu haben. Das hatte nichts mit Amtsanmaßung und Hochstapelei zu tun; Paffenholz hatte tatsächlich einmal einen Artikel in einer Fachzeitschrift veröffentlicht, der eingerahmt im Chemiesaal hing und ihm bei verständiger Würdigung mindestens einen Doktorhut, wenn nicht gar die Nominierung für den Nobelpreis hätte einbringen müssen. Aber weder irgendwelche Gremien noch die Schuldirektion hatten sich beeindruckt gezeigt, und mit akademischen Ehren und der erhofften Beförderung war es nichts geworden. Dabei erregten nicht nur die Forschungsarbeiten, sondern auch und vor allem die wissenschaftlichen Experimente des Chemielehrers größtes Aufsehen: Mehr als einmal liefen Hausmeister, Schülerschaft und Kollegen zusammen, wenn beißender Qualm den Flur vor dem Chemiesaal vernebelte oder eine Explosion alle Fenster im Haus erzittern ließ.

„Ruhe", fauchte Friedrich Paffenholz zur Begrüßung der 9a im Chemiesaal und lief vor der Wandtafel auf und ab wie ein eingesperrter Tiger. „Ruhe, verdammt noch mal!"

Niemand wagte auch nur, laut zu atmen. Lehrer Paffenholz hielt es für Respekt.

„Wir kommen heute zu den Reaktionen zwischen funktionellen Gruppen", knurrte er. „Haben wir schon letztes Mal mit angefangen. Mit den Kondensationen. Habt ihr behalten, was das ist?"

In der ersten Reihe nickte man wissend. Friedrich Paffenholz spähte weiter in die zweite und dann in die dritte Reihe. Sein Blick blieb an einem hängen, der mit dem Deckel des Klapptintenfasses spielte und alles andere als einen durchgeistigten Eindruck machte.

„Du da, Kowalewski! Was versteht man unter einer Kondensation?"

Siegbert Kowalewski ließ den Tintenfassdeckel los, starrte in die Luft und setzte sich sofort gerade hin. Wenn nicht, wäre ihm der Schwamm oder ein Kreidestück an den Kopf geflogen.

„Eine Kondensation? Hmmm … das ist, wenn ein Metall oder ein Nichtmetall mit Sauerstoff reagiert."

Lehrer Paffenholz schnitt ein Gesicht, als habe man ihm hochkonzentrierte Salzsäure zu trinken gereicht.

„Das ist eine Oxidation, du Trottel! Nach einer Kondensation habe ich gefragt! Was ist eine Kondensation? Mal eine von den Dämlichkeiten! Du da, Vondergast! Was ist eine Kondensation?"

Birgit Vondergast, die das Buch aufgeschlagen hatte, schielte auf eine fettgedruckte Zeile und las ab.

„Unter Kondensation versteht man eine Reaktion, bei der sich Moleküle unter Wasserabspaltung vereinigen."

Es klang ziemlich teilnahmslos. Friedrich Paffenholz glotzte Birgit einen Moment lang an, als wolle er sie mit Flusssäure übergießen. Dann nickte er finster.

„Richtig! Hätte dir niemals zugetraut, dass du das noch weißt! Ruhe, zum Donnerwetter nochmal!"

Überall verschüchterte Gesichter. Lehrer Paffenholz wandte sich um, angelte zwischen den Bechergläsern und Glaskolben auf dem Katheder ein Stück Kreide hervor und bekritzelte die Wandtafel so hek-

tisch wie ein tollwütiger Affe. Eine endlose Reaktionsgleichung entstand. Endlich drehte sich der Alchemist wieder um, knallte das Kreidestück aufs Pult
und ließ einen ergrimmten Blick durch die Bankreihen
wandern.

„Kärst, erkläre mal, was das hier für 'ne Reaktionsgleichung ist! Haben wir 's letztemal durchgenommen! Nun?"

Clemens Kärst hob den Kopf und versuchte, in der
langen Reihe aus Buchstaben, Pluszeichen, Zahlen
und Pfeilen einen Sinn zu erkennen.

„Eine Kondensationsreaktion", begann er unschlüssig.

„Richtig, eine Kondensationsreaktion! Aber was
für eine? – Holstein, halt die Klappe! Du bist nicht
gefragt! – Also?"

Helmut Holstein, der überhaupt nichts gesagt hatte,
setzte ein betroffenes Gesicht auf. Lehrer Paffenholz
war zufrieden.

„Äthanol und Schwefelsäure", flüsterte es von irgendwo her. Bei Clemens klickte es wieder.

„Das ist die Reaktionsgleichung, wie man Äther
herstellt", leierte er los. „Diäthyläther! Destilliert man
ein Gemisch aus Äthanol und konzentrierter Schwefelsäure, so entsteht Äther!"

„Richtig", bestätigte der Mann der Wissenschaft.
„Aus den beiden funktionellen Gruppen, die ich da
angeschrieben habe, verknüpfen sich bei dieser Kondensreaktion jeweils zwei Äthermoleküle durch Wasserabspaltung! Steht im Buch, da könnt ihr's nachle-
sen. Steht eigentlich alles im Buch, was ich hier so
erzähle. Im Grunde total überflüssig, dass wir das hier

nochmals explizieren …"

„Finde ich auch", seufzte Birgit Vondergast. Alle hatten es gehört, nur nicht der Chemiepapst. Birgit fuhr damit fort, sich die Fingernägel zu feilen.

„Also, Kärst: Wenn du Äther haben willst, was machste dann?"

„Dann geh´ ich in die Apotheke und kauf´ welchen", gab Clemens überzeugt zurück.

„Blödkopp! Trottel! Vollidiot! Jetzt meint er wieder, er kann sich großtun, wenn er so dämliche Sprüche kloppt!" Friedrich Paffenholz nötigte sich ein geringfügiges Lächeln ab. In der ersten Reihe waren sie höflich und lächelten mit.

„Den Äther sollste natürlich selbst herstellen! Äthanol und Schwefelsäure und alles, was man dafür braucht, steht hier vorne! Also, wie gehste vor?"

Clemens überlegte gewissenhaft. So beschwipst konnte Paffenholz gar nicht sein, dass an dieser scheinheiligen Fragerei nicht ein Haken dran war. Aber welcher?

„Nun", begann Clemens, „ich kippe erst Äthanol und dann Schwefelsäure zusammen in einen Topf, verrühre sie ein bisschen und wenn ich das Zeug dann über den Bunsenbrenner stelle und koche, erhalte ich Diäthyläther!"

Friedrich Paffenholz rollte mit den Augen.

„Nein", knurrte er, „du nicht mehr! Weil das Zeug dann nämlich hochgeht und dich in Stücke reißt. Was aber kein Schaden wäre. – Dass ihr mir bei der Ätherdestillation niemals eine offene Flamme benützt! Niemals, ihr Schwachköppe, hört ihr? Äther siedet bereits bei fünfunddreißig Grad und die Dämpfe bilden mit der Luft explosive Gemische und sind mehr als feuergefährlich! Zum Erhitzen nimmt man deswegen eine elektrische Heizbank oder ein Wasserbad! Habt ihr das alle verstanden?"

In der ersten Reihe nickte man bedeutungsvoll. Birgit Vondergast fingerte ein Fläschchen mit Nagellack aus ihrer Jackentasche. Friedrich Paffenholz stierte mit blutunterlaufenen Augen in die Bankreihen. Dann griff er wieder zu dem Kreidestück und drehte sich zur Wandtafel um.

„Verbindungen, die aus einer Säure und einem Alkohol durch eine Kondensreaktion entstehen, nennt man Ester!" Erneut hieb er mit dem Kreidestück auf die Wandtafel ein. Unter seiner Hand entstand eine meterlange Reaktionsgleichung, in der es vor C´s und H´s und O´s, vor Pluszeichen und Pfeilen nur so wimmelte. Alle schrieben aufmerksm mit.

„Der Name der Säure steht im Namen des Esters an erster Stelle und vom Namen des Alkohols wird nur der Alkylrest genannt! Hier, seht her! Das hier ist Äthansäure und das hier ist Äthanol und dann kriegt ihr das hier hinten! Äthansäureäthylester und Wasser!"

Der Chemielehrer ließ wieder seinen Blick durch die Bankreihen wandern, glaubte überall beeindruckte Gesichter zu sehen und legte die Kreide auf die Ablage zurück.

„Das werden wir jetzt mal praktisch durchführen und dabei werdet ihr was feststellen! Passt auf!" Er schob einige Bechergläser und Erlenmeyerkolben zur Seite, brachte eine braune Glasflasche zutage und zauberte von irgendwo einen Messzylinder hervor. „Das hier, das ist Butansäure!"

Paffenholz hielt die braune Flasche in die Höhe, damit auch jeder das Etikett lesen konnte.

„Davon gebe ich jetzt hundert Milliliter in den Rundkolben!" Er entkorkte die Flasche, goss ein wenig daraus in den Messzylinder und kippte den Inhalt des Messzylinders in den Rundkolben.

„Aufpassen sollt ihr! Du auch, Richter, du Schlafmütze! "

Rüdiger Richter hob den Kopf und setzte ein wissbegieriges Gesicht auf. Der Alchemist grunzte zufrieden.

„Ich lass das jetzt rumgehen und dann riecht ihr dran und achtet darauf, was das für'n Geruch ist. Aber seid vorsichtig! Nicht mit 'n Fingern rein oder dass ihr was davon verschüttet! Nur dran riechen und dann weitergeben!"

Friedrich Paffenholz stapfte zur ersten Reihe, stellte den Glaskolben auf die Bank und passte auf, wie Claudia Fuhrmann daran schnupperte, tief beeindruckt nickte und das Glas weitergab. Auch in der zweiten Reihe wurden die Nasen gehoben und respektvolle Gesichter gemacht. Lehrer Paffenholz stapfte zur Tür neben der Wandtafel und verschwand im Lehrmittelraum, um ein Glas C_2H_5OH zu sich zu nehmen. Derweil wanderte der Rundkolben durch die Reihen und wurde eingehend beschnüffelt. Als er bei Birgit Vondergast ankam, fingerte sie ihr Fläschchen mit Nagellack unter der Bank hervor, schraubte es auf und leerte es in den Rundkolben. Die Tür zum Lehrmittelraum ließ sie dabei nicht aus den Augen. Ihre Banknachbarin biss sich auf die Lippen, um nicht laut loszulachen.

„Das Zeug taugt sowieso nichts", flüsterte Birgit. „Kriege ich nur ganz schrumpelige Fingernägel von."

Damit gab sie den Glaskolben weiter. Die Tür des Lehrmittelraumes fiel ins Schloss. Friedrich Paffenholz pflanzte sich neben dem Katheder auf. Siegbert Kowalewski musste den Rundkolben zu ihm zurückbringen.

„Da hingestellt! Nein, nicht dort, du Holzkopp, sondern hier neben!" Zornfunkelnde Augen und ein Blick wie ein angeschossener Keiler. Siegbert war froh, nicht mit Fußtritten davongejagt zu werden.

„Und jetzt aufgepasst! Du auch, Dasbach! Nachher weißte wieder nichts!" Friedrich Paffenholz hob eine Flasche in die Höhe. „Das hier ist Äthanol! Sechsundneunzigprozentiger Alkohol! Kann man ganz schön beschwipst von werden!" Der Chemielehrer grinste selbstgefällig, überzeugte sich davon, dass die erste Reihe mitgrinste und füllte den Messzylinder drei Finger hoch mit der farblosen Flüssigkeit. Die Flasche wurde wieder verkorkt und der Messzylinder in den Rundkolben ausgeleert.

„Und jetzt noch ´n paar Spritzer konzentrierte Schwefelsäure!"

Die besagten Spritzer wurden in den Rundkolben gegeben. Friedrich Paffenholz warf der Klasse einen düsteren Blick zu, zündete den Gasbrenner an und schob den Dreifuß mit einem verbeulten Kochtopf darüber. In der ersten Reihe heuchelte man Interesse und tat so, als würde man aufpassen.

„Ich bringe jetzt Wasser zum Erhitzen und destilliere im Wasserbad die Mischung hier in dem Rundkolben!"

Der Alchemist schwenkte den Rundkolben vorsichtig in seiner Hand, pfropfte ein langes Glasrohr darauf und legte eine Klemme um den Hals des Rundkolbens.

„Das hier, das ist ein Liebigkühler! Benannt nach Justus Liebig!" Lehrer Paffenholz tauchte den Glaskolben mit der Röhre an der Klemme in das Wasserbad, schob ein Becherglas unter die Glasröhre und wandte sich wieder zur Klasse um. Es folgte ein eingehender Abriss über Leben und Werk des berühmten Chemikers. Aus dem Ende der Glasröhre stiegen weiße Wölkchen.

„Dieses Destillat, was hier rauskommt, ist Buthansäureäthylester! Jetzt wisst ihr, wie man sowas herstellt! Und nun ratet mal, wofür man das braucht!"

Die Rauchwolken, die hinter dem verhinderten Nobelpreisträger in die Höhe stiegen, wurden dichter und dichter. Der Lehrer schien es nicht zu merken.

„Herr Paffenholz, könnten wir mal das Fenster aufmachen?" piepste Stefanie Elsner. „Es riecht irgendwie so komisch!"

„Du riechst auch komisch!" giftete der Chemielehrer. „Musst dich ab und zu waschen!"

Hier und da wurde anstandshalber gekichert. Die Ausführungen über Justus Liebig gingen weiter. Lang und breit wurde ausgewalzt, welch ein verdienstvoller Naturwissenschaftler er gewesen war, fast so bedeutend wie Friedrich Paffenholz. Die Rauchwolken, die aus dem Glaskolben stiegen, lösten sich unter der Zimmerdecke in Nichts auf.

„Herr Paffenholz, können wir mal das Fenster aufmachen?", bat Claudia Fuhrmann. „Mir wird schlecht davon, wie es hier stinkt!"

„Du stinkst auch!", schnaubte Paffenholz. „Habt wohl alle alle Dreck in den Nasen!"

„Nein", seufzte Birgit Vondergast in die Stille hinein, „nur denselben Chemielehrer."

Hier und da fing es an zu glucksen. Paffenholz lief rot an.

„Ruhe! Ruhe, hab´ ich gesagt! Vondergast, behalt deine blöden Sprüche für dich oder du fliegst raus!"

Das Glucksen ebbte bestenfalls eine Sekunde lang ab, dann setzte es wieder ein und wurde stärker und stärker. Jetzt merkte auch Friedrich Paffenholz, dass irgend etwas in der Luft lag. Aber was? Er hob die Nase und schnupperte, fächelte mit der freien Hand den Geruch zu sich heran und schnitt ein ehrlich erstauntes Gesicht.

„Was, zum Teufel –"

Der Chemiepapst drehte sein Gesicht zu Kochtopf, Bunsenbrenner und Rundkolben. Der beißende Geruch traf ihn wie ein Stromschlag. Der Kochtopf schepperte zu Boden, der Rundkolben zersprang in tausend Scherben und es zischte.

„Ruhe! Die Fenster aufgemacht, aber ´n bisschen plötzlich!"

Die Fenster wurden aufgerissen. Doch anstatt sich nach draußen zu verflüchtigen, wurde der Gestank von der einströmenden, frischen Luft nur noch verstärkt und sofort im ganzen Chemiesaal verteilt. Mit einem verzweifelten „Nichts wie raus hier, sonst geh´ ich kaputt!" stürmte Claudia Fuhrmann hinaus. Und schon kamen alle anderen nach.

„Hiergeblieben! Hiergeblieben, hab´ ich gesagt! Stellt euch nicht so an!"

Ebensogut hätte Paffenholz der Sonne verbieten können zu scheinen. Niemand kümmerte sich mehr um ihn und sein Geschrei. Auf dem Flur vor dem Chemiesaal machte sich ein Geruch breit wie auf einem Schlachtfeld, auf dem Kampfmittel eingesetzt wurden, die mit ehrenhafter Kriegsführung nichts mehr zu tun haben. Einzelne Schülerinnen und Schüler verzogen sich nach weiter hinten im Flur.

„Was ist denn hier los?"

Dies war die Stimme des Schulleiters. Mit tränenden Augen und grünem Gesicht kam Lehrer Paffenholz aus dem Chemiesaal. Der Rektor hob die Nase.

„Wie stinkt das denn hier? Alle sofort raus auf den Schulhof! Der Hausmeister soll kommen! Herr Paffenholz, haben Sie heute etwa das Tränengas durchgenommen?"

Der Alchemist konnte nur den Kopf schütteln, zum Sprechen reichte es nicht. Formeln und Reaktionsgleichungen kreisten hinter seiner Stirn, schlugen Purzelbaum und zerfielen wieder. Was für eine chemische Reaktion war hier nur losgetreten worden? Sollte ihm etwas Ähnliches geglückt sein wie Otto Hahn, der nur durch Zufall die Atomspaltung entdeckt hatte? Auf die Idee, dass etwas Nagellack seine Reaktionsgleichungen durcheinandergebracht haben könnte, kam der verhinderte Nobelpreisträger allerdings nicht.

Ein Lackschaden

Endlich, endlich, endlich hatte ich Feierabend und konnte meinen neuen Sechzehnventiler ein wenig ausprobieren! Die Ausfallstraße schien dafür wie geschaffen. Mit jedem Pkw, den ich abhängte, wuchs mein Besitzerstolz; biedere Familienkutschen und klotzige Luxuslimousinen blieben hinter mir, eine blank polierte Nobelkarosse, ein staubbedeckter Pritschenwagen und schließlich auch ein verbeulter und nicht mehr ganz neuer Kleinwagen, der tapfer mitzuhalten versuchte und dessen Fahrer von Verkehrsregeln und Geschwindigkeitsbegrenzungen anscheinend ebenso wenig hielt wie ich selbst, nämlich nichts.

Vor der Ampel am Autobahnzubringer musste ich halten, kuppelte aus und hatte gerade die Sonnenblende runtergeklappt und das Radio noch etwas lauter gedreht, da hörte ich ein Reifenquietschen und ein hässliches Schaben, fühlte einen Schubs und dann stand der verbeulte Kleinwagen neben mir, die Stoßstange gegen meinen Kotflügel gedrückt. Sofort ging neben uns und hinter uns ein schrilles Hupkonzert los. Mein Blutdruck schoss in die Höhe.

Nur Ruhe, sagte ich mir und schaltete die Warnblinkanlage an. Der Fahrer des Pritschenwagens streckte den Kopf aus dem Seitenfenster und schimpfte wie ein Rohrspatz. Ich bebte vor Wut, löste den Sicherheitsgurt, stieg aus und gewahrte sofort die Schramme an meinem Kotflügel. Mein schöner Wagen! Erst eine Woche alt und schon verkratzt! Das sollte mir diese

Schlafmütze büßen! Mein Hass auf den Möchtegern-rennfahrer wuchs ins Uferlose. Ich schoss um seinen Wagen herum, holte tief Luft und riss die Fahrertür auf, um meine Empörung rauszubrüllen. Ein Mädchen mit blonden Haaren, dunklen Wimpern und sehr gro-ßen Augen lächelte verlegen.

„Schlimm?", fragte sie kleinlaut, und mein Ärger war nur noch halb so groß.

„Na ja", brummte ich.

„Es tut mir leid", flüsterte das Mädchen, „es tut mir so leid. Ich hab´ das doch nicht gewollt!"

Aus meinem halben Ärger wurde ein ganzes Verzei-hen. „Halb so wild. Ist nur ein kleiner Lackschaden. Eigentlich nicht der Rede wert."

„Ein Glück", wisperte das Mädchen, „ein Glück!"

„Ist schon gut." Ich drückte ihre Tür zu, schlich wie ein begossener Pudel zu meinem Wagen zurück und hatte plötzlich ein flaues Gefühl im Magen.

„Blödmann!", tönte es aus dem Pritschenwagen, und ich nahm es hin. Der Mann hatte schließlich Recht. Ich hätte um ein Haar ein Donnerwetter losge-lassen wegen einer Lappalie, die sich mit einer Dose Lackspray wieder in Ordnung bringen ließ, und wäre die Sache nicht ausgerechnet diesem hübschen Mäd-chen passiert, hätte ich das noch nicht mal kapiert. Die Ampel sprang auf Grün, und der Verkehr floss weiter. Zum Glück sah niemand meinen roten Kopf.

Telefongespräche

„Bundesbahndirektion, guten Tag, Sie sprechen mit Sandra Eisenburg, was kann ich für Sie tun?"

Wie ein Maschinengewehr ratterte die Stimme der Telefonistin aus dem Hörer, und sofort war Martins Beklommenheit verschwunden.

„Mein Name ist Kassmann", stellte er sich vor. „Ich habe eben im Radio von dem Zugunglück gehört. Meine Frau müsste auch mit diesem Intercity gefahren sein und ich wollte nachhören, ob … ob ... ob sie vielleicht …"

„Tja", trällerte die Stimme, „dazu kann ich Ihnen leider nichts sagen. Überhaupt nichts. Die Aufräumarbeiten sind in vollem Gang und alle Verletzten in die umliegenden Krankenhäuser gekommen, wenn Ihre Frau dabei ist, wird man Sie von da aus verständigen. Die anderen Fahrgäste sind zum Bahnhof gebracht worden. Wann die den nächsten Anschluss kriegen, kann ich nicht sagen. Gut möglich, dass die sich was verspäten."

Martin fragte sich, wie man so viel reden konnte, ohne ein einziges Mal Luft zu holen. Er hatte bereits mit solch einer Antwort gerechnet und zwang sich zur Ruhe.

„Im Radio wurde gesagt, es hätte mehrere Tote gegeben. Weiß man … weiß man schon, wer …"

„Enä", säuselte die Telefonistin, „die Opfer sind längst noch nicht identifiziert. Aber nun machen Sie sich mal keine Sorgen! Warum sollte ausgerechnet

Ihrer Frau was zugestoßen sein? Viel wahrscheinlicher ist doch, dass ihr überhaupt nichts passiert ist! Und damit, dass Sie sich jetzt aufregen, ändern Sie ohnehin nichts!"

Das klang erschreckend teilnahmslos. Martins Hände zitterten. „Danke", röchelte er, schaltete das Telefon ab und staunte darüber, wie rau seine Stimme klang.

Was er und Manja sich nämlich gestern Abend und heute Morgen an den Kopf geschmissen hatten, hatte keineswegs nach Liebe und Sorge umeinander geklungen. Sie hatte ihn als Niete und Versager betitelt und er sie als eine blöde Kuh. Manja schalt ihn einen Spießbürger, der nur sein Büro kennen würde, und er brüllte zurück, sie wäre so dumm wie Bohnenstroh und schmisse das Geld zum Fenster raus. Oh ja, sie hatten beide gescholten wie die Rohrspatzen und sich rote Köpfe gebrüllt. Irgendwann hatte Manja dann die Tür hinter sich zugeknallt; er hatte nichts mehr von ihr gehört und als er gegen Mittag ins Schlafzimmer musste, standen die Schränke offen und einiges ihrer Wäsche und die Reisetasche waren verschwunden. Und mit ihnen Manja.

Martin stakste mit dem Telefonbuch unter dem Arm in die Küche, zündete sich eine Zigarette an und benutzte eine leere Kaffeetasse als Aschenbecher. Wie sehr vermisste er auf einmal das ewige „Rauch nicht in der Küche!". Auch wenn sie sich ganz böse gestritten hatten: Sie hatten sich nicht nur aneinander gewöhnt, sondern sie waren eins geworden … erst diese plötzliche Sorge um Manja hatte ihm das so klar gemacht.

Martin suchte sich aus dem Fernsprechbuch die Telefonnummern aller Krankenhäuser und Kliniken, die Verletzte des Eisenbahnunglücks aufgenommen haben konnten, und rief sie der Reihe nach an. Nein, Manja war nirgendwo eingeliefert worden. Martin atmete auf. Die Telefonistin der Bundesbahndirektion hatte Recht behalten: Warum hätte ausgerechnet Manja etwas zugestoßen sein sollen?

Er hatte Manja vernachlässigt, daran gab es nichts zu rütteln und zu deuteln, und er musste diese verfahrene Situation unbedingt wieder ins Lot bringen. Ein paar Tage Urlaub würden ihnen sicher gut tun; vielleicht sollten sie in der Nachsaison mal eine Woche an den Königssee fahren. Und gleich morgen musste er Manja einen Strauß Blumen schicken, einen dicken Strauß roter Rosen, die sie so gerne mochte und die er ihr schon so lange nicht mehr mitgebracht hatte. Auch wäre es nicht verkehrt, wenn er ab und zu mal mit ihr zum Griechen ginge oder in eine Pizzeria.

Martins Armbanduhr zeigte viertel vor sechs. Wenn Manja nichts passiert war, dann musste sie trotz aller Verspätung inzwischen bei ihren Eltern sein. Als er den Telefonhörer abnahm und die Nummer seiner Schwiegereltern wählte, hatte er einen dicken Kloß im Hals.

„Ja bitte?", meldete sich eine warme Stimme.

„Guten Tag, Schwiegermama." Martin versuchte, möglichst gleichgültig zu klingen. „Du, sag mal, ist Manja bei euch?"

„Manja? Bei uns? Nein, wieso?"

„Sie wollte für ein paar Tage zu euch und ist kurz vor

Mittag mit dem Zug weg. Ich wollte nur fragen, ob sie gut angekommen ist."

Irgendwo in der Leitung raschelte es. Martin konnte sich das misstrauische Gesicht seiner Schwiegermutter bestens vorstellen, und tatsächlich wusste sie sein Schweigen auch gleich richtig zu deuten.

„Habt ihr euch gezankt?", fragte sie vorsichtig.

„Ja", ächzte Martin, und es war still in der Leitung.

„Also hier ist sie nicht", seufzte Manjas Mutter nach einer Weile. „Aber wenn sie schon heute Vormittag weg ist, wird sie wohl jeden Moment hier eintrudeln. Soll ich ihr sagen, dass du angerufen hast?"

„Ja, bitte. Und wenn sie da ist, ruf mich kurz an und sag es mir. Ich mach´ mir halt ziemliche Sorgen."

Warum er sich die machte, behielt Martin für sich.

„Ist gut", kam es ziemlich bedeckt. „Und wenn sie da ist, red´ ich mal mit ihr."

Martin fiel ein Stein vom Herzen. Er wusste, dass seine Schwiegermutter nichts unversucht ließe, um die Wogen zu glätten.

„Das wäre schön", hauchte Martin, „das wäre wirklich schön. Danke."

Es knackte in der Leitung. Martin atmete auf. Die Sache mit Manja und ihm musste wieder in Ordnung kommen, und sie würde auch wieder in Ordnung kommen! Ihr Streit war ein reinigendes Gewitter gewesen, stürmisch und heftig und – bei Lichte betrachtet – auch längst überfällig, aber es würde alles wieder gut werden. Erleichtert ging er in die Küche zurück, wusch sich die Hände, deckte seinen Abendbrottisch. Gerade wollte Martin mit gutem Appetit von seinem Schinkenbrot abbeißen, als es läutete. Mit rasendem Herzen sprang er durch die Diele und riss die Wohnungstür auf. Vor ihm standen zwei stämmige Männer in blauer Uniform.

„Herr Kassmann?", fragte der ältere. Seine Stimme klang irgendwie weich und leise.

„Ja", antwortete Martin etwas verdattert.

„Wir sind von der Bundesbahndirektion, Herr Kassmann. Wir … hm … wir müssten Ihnen eine Mitteilung machen, leider eine sehr traurige. Dürfen wir einen Moment reinkommen?"

Martins Knie wurden weich.

„Sicher", sagte er und hielt die Tür auf.

Ein pflichtbewusster Schutzhund

„Ein guter Hund muss streng geführt werden", dieser Ansicht war jedenfalls der Polizeiobermeister Fritz Stiermann, und er musste es schließlich wissen: Der ihm anvertraute Diensthund Greif legte eine Schutzhundprüfung nach der anderen mit Auszeichnung ab und war im Polizeidienst einfach unersetzlich, und wie unersetzlich er war, brachte der Polizeiobermeister abends gerne in seiner Stammkneipe unter die Leute: Mal hatte Greif einen flüchtenden Einbrecher gestellt, mal einen entsprungenen Sträfling oder einen gefährlichen Schwerverbrecher in seinem Versteck aufgespürt und zuweilen hielt er auch ganze Kolonnen militanter, zu allem entschlossener Demonstranten in Schach. An Stiermanns Haus warnte ein großes, rotes Schild unwissende Briefträger und aufdringliche Versicherungsvertreter vor der Gefahr für Leib und Leben, die von dem pflichtbewussten Schutzhund ausging. Selbstverständlich war Stiermanns Frau und den Kindern der nähere Kontakt zu dem Tier strengstens untersagt und damit Greif nicht etwa durch unverdientes Streicheln oder gar Futterbröckchen verzärtelt wurde, hielt ihn sein Herr in einem massiven, stacheldrahtbewehrten Zwinger in strenger Klausur. Die Zwingertür wurde aus gegebenem Anlass durch ein schweres Vorhängeschloss gesichert. Als der Polizeiobermeister nämlich einmal unverhofft vom Frühdienst nach Hause gekommen war, hatte er sie sperrangelweit offen vorgefunden und von seinem vierbeinigen Kollegen war nichts zu sehen gewesen.

„Greif!" donnerte er. „Greif! Wo bist du? Bei Fuß! Sofort bei Fuß, hab' ich gesagt!"

Aus dem Garten waren Gekläff und Gekreische zu hören. Stiermann stürmte hinter das Haus, aufs Schlimmste gefasst. Aber sein pflichtbewusster, unbestechlicher Diensthund zerfleischte nicht etwa einen Einbrecher oder wenigstens einen neugierigen Nachbern, sondern – weit schlimmer! – tollte zusammen mit den Kindern im Garten herum!

„Greif! Sitz! Platz! Bei Fuß!"

Der Schutz- und Diensthund beschnuffelte einen dicken, roten Ball, wedelte mit dem Schwanz und nahm von seinem Gebieter weiter keine Notiz. Mit der Folge, dass erst er und dann die Kinder eine gewaltige Tracht Prügel bezogen hatten. Und seitdem zierte ein Vorhängeschloss die Zwingertür. Greif musste eine Reihe geharnischter Vorträge über des Diensthundewesen der Polizei über sich ergehen lassen und Obermeister Stiermann setzte alles daran, die Schlappe wieder auszuwetzen, die sein Hundeführerselbstbewusstsein erhalten hatte. Beim Rapport in der Stammkneipe wuchs sich der Landstreicher, den Greif angeknurrt und er abgeführt hatte, meist zu einer gefährlichen Einbrecherbande aus, die mit jedem Glas Bier noch um einige finstere Gestalten verstärkt wurde. Wie sonst auch wollte man dem Volke klarmachen, welch ein gestrenger, unerschrockener Schutz-mann und welch ein wachsamer, scharfer Polizeihund über die Sicherheit und den ruhigen Schlaf seiner Bürger wachten!

Eines Abends hatte Stiermann abermals über eine heikle, aber gleichwohl erfolgreiche Personenfahndung Bericht erstattet und darüber wer es etwas spät geworden. Da die Straßenlampen noch brannten, konnte Stiermann schon von weitem den Streifenwagen vor seinem Haus und das hell erleuchtete Wohnzimmerfenster sehen. Sofort war sein Schwips verflogen. Wenn ihn die Kollegen schon zu Hause abholten, dann musste Not am Mann und am Diensthund sein! Mit einer gewissen Genugtuung registrierte Stiermann, dass alle seine Nachbarn an den Fenstern standen. Mochten sie ruhig sehen, dass die Dienststelle ohne ihn und seinen Greif völlig aufgeschmissen war! Er hörte Stimmen aus der Diele und schloss die Haustür auf.

„Guten Abend, Herr Kollege", grüßte Kommissar Hauptmüller etwas frostig.

„Oh, Chef! Guten Abend!" Stiermann holte tief Luft und drückte die Brust raus. Dann sah er seine Frau und die Kinder mit verheulten Gesichtern neben der Wohnzimmertür stehen.

„Ingrid! Wieso sind die Kinder nicht im Bett? Warum ste-hen die Schubladen und Schranktüren auf? Was soll diese Unordnung? Du weißt, dass ich sowas nicht dulde! – Bitte entschuldigen Sie, Chef! Nehme an, Sie sind dienstlich hier! Kriegen auch keinen Feierabend, wie? Nun, um was geht´s denn? Wieder ein Einbruch?"

„Ja", kam es mit getragener Stimme, „ein Einbruch."

„Tja, die Verbrecher ruhen nicht", seufzte Stiermann. „Aber wenn Sie mich fragen, sind das die Leute selbst schuld! Machen es den Ganoven ja viel zu einfach! Anstatt die Türen zuzuhalten und aufzupassen oder sich ´nen Hund anzuschaffen ..." Er griff hinter sich und nahm Greifs Leine und Maulkorb vam Haken.

„Wo ist denn diesmal eingebrochen worden?", fragte er eifrig.

„Bei Ihnen", krächzte der Kommissar.

„Soso, also bei ... Was? Wie bitte?" Stiermann sah erst seinen Vorgesetzten, dann seine Frau und seine Kinder fassungslos an und gewahrte nun erst die zertrümmerte Terrassentür hinten im Wohnzimmer.

„Aber ... aber ... aber das ist doch völlig unmöglich! Der Hund, der Hund muss doch angeschlagen haben! Ingrid! Warum hast du nichts gehört?"

Die Frau schluckte. Auch die Kinder brachten keinen Ton heraus. Stiermann hatte plötzlich das Gefühl, dass man ihm etwas verschweigen wollte.

„Ist ... ist viel gestohlen worden?", fragte er ziemlich kleinlaut. Und bekam wieder keine Antwort.

„Eigentlich nicht", brach Kommissar Hauptmüller endlich des Schweigen. „Nur Ihr Hund."

Die Weihnachtsbescherung

Am Morgen, gleich nachdem meine Schwester das letzte Türchen des Adventskalenders aufgemacht hatte, holte Papa den Weihnachtsbaum in die Wohnstube. Oma Lisbeth, Uschi und ich durften ihn mit Christbaumkugeln, Kerzen und reichlich Lametta schmücken und Prinz passte auf, dass wir auch alles richtig machten.

Prinz, der ebenfalls zur Familie gehörte, war eine etwas eigentümliche Mischung aus allen möglichen und unmöglichen Hunderassen. Onkel Ernst nannte ihn stets einen spitzgedackelten Schnauzterrier, ich aber bestand darauf, dass er ein Wolfshund sei: Das schwarze, buschige Fell, die breiten Pfoten, der Ringelschwanz und das kecke Gesicht konnten doch gar keinen anderen Schluss zulassen!

Prinz blieb bei uns, bis der Baum geschmückt und die Krippe aufgebaut war, dann mussten wir aus der guten Stube raus, Oma Lisbeth schloss ab und das Christkind mochte nun kommen. Den ganzen Nachmittag bereiteten wir uns gewissenhaft vor: ich striegelte Prinz das Fell, Uschi wurde gebadet, Papa probierte den Aufgesetzten und Mama schob die Weihnachtsgans in die Bratröhre. Danach ging Oma Lisbeth mit Uschi und mir in ihr Zimmer, um uns die Weihnachtsgeschichte aus der Bibel vorzulesen. Prinz lag brav neben dem Ofen und hörte ebenso andächtig zu wie meine Schwester und ich. Draußen wurde es dunkel. Dicke Schneeflocken rieselten vom Himmel, dann läutete es zu Abend, und gleich darauf bimmelte auch schon das Glöckchen unten im Flur. Prinz stellte die Ohren hoch und knurrte. Jetzt rappelte das Wohnzimmerfenster. Kein Zweifel, das Christkind war da!

„Kommt, Kinder!"

In der Diele warteten unsere Eltern. Papa trug seinen guten Anzug und ein frisches, weißes Hemd, Mama das blaue Kleid und eine nicht mehr so frische und nicht mehr ganz weiße Schürze. Die Küchentür stand sperrangelweit offen. Auf dem Tisch sah ich das Holzbrett mit der großen braunen, dampfenden Gans. Prinz hob die Nase, schnupperte und steuerte auf die Küchentür zu. Mama drängte ihn zurück und zog die Tür ins Schloss.

„Nichts da, du bleibst draußen! Das würde gerade noch fehlen, wo der Gänsebraten zum Abkühlen da steht! – Kommt, lasst uns ins Wohnzimmer gehen und bescheren! Kurt, sieh nach, ob wir rein können!"

Papa öffnete die Wohnzimmertür einen Spalt breit, spähte hinein, drehte sich zu uns um und winkte. „Ihr könnt reinkommen, das Christkind ist weg!"

Er drückte die Tür auf und trat zur Seite. Uschi schaute erst Mama und dann Oma Lisbeth unschlüssig an und ging hinein. Wir anderen kamen nach. Der Schein der Kerzen am Weihnachtsbaum tauchte die gute Stube in ein weiches, mildes Licht.

„Schaut mal, Kinder, die Sachen hier vorn´ unterm Christbaum sind doch gewiss für euch!"

Vor dem Baum und um die Krippe herum lagen mehrere Päckchen, eingewickelt in glänzendes Weihnachtspapier. Rechts auf dem Blumenhocker erspähte ich sofort die Dampfmaschine, die ich mir sehnlich gewünscht hatte. Ganz links saß eine Puppe mit blonden Locken, dicken Backen und einem gelben Kleid. Uschi lief sofort zu ihr hin.

„Oooh! Mama guck mal, was für eine schöne Puppe!"

Überall rote Gesichter und leuchtende Augen. Prinz legte den Kopf auf die Seite, schaute den Weihnachtsbaum misstrauisch an und wedelte mit dem Schwanz. Mit klopfendem Herzen ging ich zu der Dampfmaschine hin. Es war eine ganz tolle Dampfmaschine mit einem großen Wasserkessel, einem Schleifstein, einer Kreissäge und einem hohen Schornstein aus Blech. Auch an fünf Päckchen Esbit hatte das Christkind gedacht.

Papier knisterte, Karton knirschte. Alle packten ihre Gaben aus. Papa hatte eine Schachtel Zigarren, ein Oberhemd und ein Paar Manschettenknöpfe bekommen, Mama eine Flasche Parfüm und eine Brosche, Oma Lisbeth einen dicken, roten Schal und einen Wandteller mit Blumen und Rehen drauf.

„Aber Kinder", wisperte sie immer wieder, „aber Kinder, das wäre doch nicht nötig gewesen!"

Prinz betrachtete uns der Reihe nach, schubste mich mit der Nase an und begann zu fiepsen.

„Armes Prinzchen", bedauerte ihn Uschi. „Alle haben ein Geschenk bekommen und du nicht! Komm her, hier hast du wenigstens ein Stückchen Lebkuchen!"

Der Wolfshund tapste zu Uschi hinüber. Mama mahnte noch: „Uschi, nicht!", aber da hatte er den Lebkuchen auch schon verdrückt.

„Du hättest ihm das Plätzchen in seinen Napf tun

müssen", belehrte ich sie. „Onkel Ernst hat doch neulich erst gesagt, dass ein Hund nur aus seiner Schüssel fressen darf!"

Was Onkel Ernst über Hundeerziehung erzählte, war für mich das Evangelium. Er kannte sich nämlich sehr gut mit Tieren aus und hatte mir schon so manchen Tipp gegeben, wie ich unseren Wolfshund abrichten konnte: wie er ein Stöckchen zu holen hatte, wie er melden musste, wenn jemand an der Tür klingelte, wie man den Postboten in die Flucht schlägt und so weiter. Onkel Ernst hatte mir auch gezeigt, wie ich Prinz beibringen konnte, die Zimmertür aufzumachen: Ich brauchte nur seinen Futternapf hinter irgendeine Tür zu stellen, sie zuzumachen und mit der Hand auf die Klinke zu klopfen, und schon sprang Prinz daran hoch, und die Tür ging auf.

„Er bekommt keine Plätzchen in seinen Napf!", sprach Oma Lisbeth ein Machtwort. „Zuckerzeug ist nichts für Hunde, davon kriegen sie bloß Durchfall, und außerdem braucht er nicht so verwöhnt zu werden!"

Da war ich allerdings anderer Meinung! Dass Prinz kein Weihnachtsgeschenk erhalten hatte, war schon ungerecht, aber dass er noch nicht einmal ein paar Süßigkeiten haben sollte, das war gemein! Anscheinend sah er selbst das nicht anders, denn er wuffte empört. Eben überlegte ich, wie es wohl anzustellen wäre, ihm heimlich ein paar Pfeffernüsse und Zimtsterne zukommen zu lassen, als auf der Außentreppe Schritte hallten. Jemand trat sich die Füße ab. Prinz spritzte hinaus in den Flur und fing an zu bellen.

„Das sind Tante Gudrun und Onkel Ernst!", krähte Uschi. „Ich mach´ ihnen die Tür auf!"

Und schon flitzte sie zur Haustür, riss sie auf, fasste Tante Gudrun an der Hand und zerrte sie ins Wohnzimmer. Prinz begann wieder zu kläffen und sprang an Onkel Ernst hoch. Der hatte seine liebe Not, dass ihm die Pakete nicht runterfielen, und versuchte, sich von Prinz wegzudrehen.

„Aus! Wirst du wohl weggehen! Kurt, hilf mir mal, sonst wirft er alles runter! Die Geschenke sind schließlich für euch und nicht für diesen Bluthund!"

„Wolfshund", verbesserte ich.

„Ah, Räuberhauptmann!", begrüßte mich Onkel Ernst. „Na, wie geht´s? Hmmm, Erna, was riecht das gut! Wir sind wohl gerade rechtzeitig gekommen, wie?"

„Mama hat eine Gans gebraten", klärte ich ihn auf und zog Prinz zurück.

„Frohe Weihnachten erstmal! Bei uns war vorhin das Christkind und hat was für euch abgegeben! Gudrun, du müsstest mal nachsehen, wer was bekommt und ob wir für jeden was dabeihaben!"

Gemeinsam luden sie die Pakete auf den Wohnzimmertisch. Ich konnte Prinz nun loslassen. Er raste zu Onkel Ernst hin, hüpfte um ihn herum und beleckte ihm die Hand.

„Ist ja gut, Hundchen, ist ja gut! Pfui! – Wenn ich mich hier so umsehe, scheint´s mir, als könnten wir unsere Geschenke wieder mitnehmen! Ihr seid ja schon alle versorgt!"

„Bis auf Prinz", schränkte ich ein. „Onkel Ernst, schau mal da drüben die Dampfmaschine, die ich gekriegt habe! Hat eine Säge und einen Schleifstein! Gut, was?"

Onkel Ernst drehte sich zum Christbaum um. „Eine Dampfmaschine? Mit Säge und Schleifstein? Alle Achtung!"

Er schien tief beeindruckt. Papa ließ sich von Tante Gudrun den Mantel geben und brachte ihn nach draußen.

„Kurt! Nimm den Hund auch raus!", knötterte Oma Lisbeth. „Sonst dreht er noch durch, jetzt, wo alle im Wohnzimmer sind, und am Ende geht er noch an die Plätzchen!"

„Er muss halt sehen, wo er bleibt", meinte Onkel Ernst. „Wenn er bei der Bescherung leer ausgegangen ist, dürft ihr euch nicht wundern, wenn er ein paar Plätzchen mopst! Na, vielleicht bleibt ja nachher was vom Braten für ihn übrig! Nicht wahr, Prinz, so etwas magst du doch viel lieber als so ´n paar krümelige Printen und Pfeffernüsse!"

Unser Wolfshund kläffte zustimmend. Ich fasste ihn mit beiden Händen am Halsband und bugsierte ihn aus dem Wohnzimmer hinaus. Einfach war das keineswegs, denn er hielt es für ein neues Spiel und wehrte sich nach Kräften. Aber am Ende schaffte ich es doch. Papa schloss die Tür. Prinz fing ganz jämmerlich an zu jaulen. Im Zimmer begann jedoch jetzt der zweite Teil der Bescherung. Alle packten ihre Päckchen aus, Papier knisterte, aber ansonsten herrschte eine andächtige Stille. Auch Prinz hatte längst zu jaulen aufgehört. Ich legte das Band und das Weihnachtspapier zur Seite und hielt ein weißes Pappschächtelchen in der Hand. Vorsichtig nahm ich den Deckel ab. Und traute meinen Augen nicht.

„Ein Taschenmesser! Boooh!"

„Mama guck mal! Das Christkind von Tante Gudrun und Onkel Ernst hat mir ein Halskettchen geschenkt mit einem Anhänger dran! Und wie der glitzert! Er ist bestimmt aus Gold!"

„Was für eine wunderschöne Blumenvase! Aber Kinder, das wäre doch überhaupt nicht nötig gewesen!"

Alle freuten sich wie die Schneekönige. Tante Gudrun und Onkel Ernst waren begeistert von der neuen Kaffeemaschine, die sie von meinen Eltern bekommen hatten, und Mama und Papa von dem neuen Toaster. Uschi lief von einem zum anderen, um die neue Halskette zu zeigen und ich probierte an dem Geschenkband aus, wie gut mein Taschenmesser schnitt. Sodann tauschten Mama, Oma Lisbeth und Tante Gudrun Backrezepte für Christstollen aus. Papa und Onkel Ernst mussten probieren, ob der Aufgesetzte auch gut war. Das schien eine knifflige Frage zu sein, denn sie probierten eine ganze Reihe von Gläschen. Schließlich schaute Mama auf die Wanduhr und stand auf.

„So, und nun wird gegessen! Gudrun, sei doch so gut und hilf mir beim Auftragen! Kurt, du kannst schon den Wein aufmachen und du, Ernst, zünde bitte die Kerzen auf dem Tisch an!"

Mama und Tante Gudrun gingen hinaus in den Flur. Oma Lisbeth suchte das Weihnachtspapier zusammen. Onkel Ernst knipste sein Feuerzeug an. Und dann hörten wir aus der Diele einen schrillen Schrei.

„Prinz!!"

Im Flur gab es ein fürchterliches Gebrülle. Was, um alles in der Welt, mochte passiert sein? Papa, Onkel Ernst und ich ahnten jedenfalls nichts Gutes und liefen aus dem Wohnzimmer. Mama und Tante Gudrun standen in der Küchentür und schrieen Zeter und Mordio.

„Was ist denn mit euch los?"

Onkel Ernst trat entschlossen nach vorn, schob die beiden zur Seite und blieb wie vom Donner gerührt stehen. Dann brach er in schallendes Gelächter aus.

„So ist´s recht, Hundchen, so ist´s recht! Wenn die bei der Weihnachtsbescherung nicht an dich denken, dann musst du halt selbst zusehen, wo du bleibst!"

Nun waren Papa und ich an der Türschwelle angelangt. Von dort aus sahen wir die Bescherung: Auf der Eckbank hinter dem Küchentisch stand Prinz, die Vorderpfoten auf die Tischplatte gestemmt, und schaute uns angriffslustig an. Vor ihm lagen die letzten Reste einer Weihnachtsgans. Ganz offensichtlich hatte unser Wolfshund die Gunst der Stunde genutzt, die Küchentür geöffnet und sich den Gänsebraten schmecken lassen.

Onkel Ernst, der sich so gut mit Tieren auskannte, hatte Recht behalten: Prinz mochte die Gans viel lieber als ein paar krümelige Printen und Pfeffernüsse.

Abendstimmung

Pünktlich um siebzehn Uhr zog Henning Stabner die Bürotür ins Schloss, klemmte sich die Aktenmappe unter den Arm und steuerte über den zerschlissenen Linoleumboden auf den Fahrstuhl zu. Nackte Neonlampen tauchten den langen, fensterlosen Flur in ein grelles Licht. Dieses grelle Neonlicht, die weiß getünchten Wände, die Türen mit Glaseinsatz und sorgsam beschrifteten Namensschildern hatte Stabner anfangs als kalt und unpersönlich empfunden, nun aber waren sie für ihn warm und behaglich geworden, fast wie zu Hause.

„'n Abend", grüßte er freundlich. Sein Kollege Bernbach aus dem Büro nebenan antwortete mit einem stummen Kopfnicken und Frau Honzel aus dem Chefsekretariat mit so etwas wie einem Lächeln. Im Fahrstuhl der übliche Geruch nach abgestandenem Atem, kaltem Zigarettenrauch und den Putzmitteln der Reinigungskolonne. Henning Stabner drückte auf den Knopf mit dem E. Die Schiebetür glitt zu, und die Kabine sackte langsam nach unten.

„Hat Sie die Dame noch erreicht?", fragte Frau Honzel.

„Mich? Eine Dame? Welche Dame denn?"

„Die um vier den Termin bei Ihnen hatte und zu spät kam. So 'ne Blonde in 'nem schwarzen Trench!"

Henning Stabner stellte die Aktenmappe auf den Boden, nahm seine Brille ab und rieb sich die Augen.

„Bei mir hatte niemand 'nen Termin. Muss 'ne

Verwechslung sein."

„Bestimmt nicht", beharrte die Chefsekretärin. „Habe
ihr doch selbst gezeigt, wo Ihr Büro ist! Dass die nicht
bei Ihnen war ... Komisch!"

„War bestimmt eine dieser Zimtzicken von der
Kriegsgräberfürsorge", brummte Bernbach. „Jetzt vor
Weihnachten schnorren die anscheinend jeden um
Spenden an. Bei mir stand gestern Morgen plötzlich
eine im Büro und ließ und ließ sich nicht abwimmeln.
Musste richtig grantig werden, damit sie endlich ab-
zog."

Auf dem Stockwerkanzeiger leuchtete die Zwei. Henning Stabner nahm seine Aktenmappe wieder hoch.

„Nun, vielleicht kommt sie ja morgen", murmelte
er. Dann hielt auch schon der Fahrstuhl, das E flacker-
te kurz auf und die Tür glitt zur Seite. Henning emp-
fahl sich mit einem herzlichen „Auf Wiedersehen",
trat hinaus in die Halle, schenkte dem Portier ein Lächeln und eilte zum Ausgang. Der Schneeregen
klatschte ihm ins Gesicht. Es war bereits stockfinster,
nur der Eingang und die Zufahrt des Bürogebäudes
lagen in einem trüben, kalten Licht. Henning Stabner
holte tief Atem. Wie sehr hatte er die frische, klare,
kühle Luft vermisst!

„Ist er das?", knurrte ein finster dreinblickender
Mann, der hinter dem Steuer eines unscheinbaren
Kleinwagens am Rande des Kundenparkplatzes saß.
Seine Stimme war tief wie die eines erkälteten Ketten-
rauchers und alles andere als freundlich.

„Ja, ohne jeden Zweifel." Die Frau auf dem Beifahrer-
sitz nickte. „Ich war an seiner Bürotür und habe ihn

genau erkannt. Absolut unauffälliger Typ; ein richtiger Spießbürger, könnte man meinen. Arbeitet in der Lohnbuchhaltung und führt ein ruhiges, bescheidenes Leben."

„Soso, in der Lohnbuchhaltung. Na gut. Dann fahren wir wieder zur Lindenstraße und Pilcher behält ihn weiter im Auge."

Der finster dreinblickende Mann startete den Motor, schaltete das Licht ein, fuhr im Schritttempo die Straße hinab an der Haltestelle vorbei und sah Henning Stabner einsteigen. Der fand im Siebzehn-Uhr-Zehn-Bus der Linie 60 den üblichen Feierabendbetrieb: Angestellte mit verschlissenen Aktentaschen und übermüdeten Gesichtern, Männer in blauer Monteurkleidung, ein Rentner mit einem Rauhaardackel auf den Knien, eine dicke Frau mit prall gefülltem Einkaufsnetz und ein paar dunkelhäutige Männer, die sich mit Händen und Füßen unterhielten. Henning plumpste auf einen freien Sitzplatz und räkelte sich wohlig. Endlich Feierabend, wie sehr hatte er sich darauf gefreut! Acht Stunden im Büro und Sozialversicherungsbeiträge berechnen laugten schließlich jeden aus. Ein Blick aus dem Fenster: Straßenlaternen, eine Ampel mit einem Abfallkorb, ein Versicherungsbüro, ein Fußgängerüberweg. Der Bus hielt; die Frau mit dem Einkaufsnetz stieg aus, ein paar Jugendliche polterten herein und der Bus fuhr weiter. Henning Stabner schaute wieder aus dem Fenster. Regentropfen und Schneeflocken nieselten gegen die Scheibe; erste Schaufensterfronten huschten vorbei, dann der Taxistand, Ladenschilder und Lichtreklamen, vor der

Buchhandlung ein mannshoher Christbaum mit funkelnden Lichterketten. Abendstimmung in einer kleinen Stadt; Henning hätte sich niemals träumen lassen, dass er das einmal gemütlich finden und mögen würde. Am kommenden Sonntag war bereits der zweite Advent; trotz des Schmuddelwetters überall Passanten mit Regenschirmen und Einkaufstaschen. Der stämmige Mittvierziger in der schwarzen Lederjacke fiel im Bus zunächst nicht auf, aber als Henning Stabner an der Haltestelle Goethestraße ausstieg, gewahrte er ihn doch, und mit einem Mal erwachte in ihm wieder das alte Misstrauen. Vor dem einen oder dem anderen Schaufenster blieb er stehen und tat, als betrachte er Armbanduhren und Schmuck, Bücher und Videokassetten, Winterschuhe und Mäntel. Sooft er dabei mit seitlich verdrehten Augen die Goethestraße hinunter schielte, erspähte er ein oder zwei Schaufenster weiter den Mann in der schwarzen Lederjacke. Das Herz schlug ihm bis zum Halse. Heute Nachmittag die Geschichte mit einer Frau, die er nicht kannte und mit einem Termin, von dem er nichts wusste, und jetzt dieser Knabe … Mit einem flauen Gefühl im Magen setzte Henning Stabner seinen Heimweg fort, spürte nicht den Schneeregen, der ihm ins Gesicht klatschte und seine Brille verschmierte. Doch als er mehrmals abrupt stehenblieb und herumwirbelte, war von dem Mann aus dem Bus, der ihm wie ein Schatten gefolgt war, nichts mehr zu sehen. Henning atmete auf. Er hatte schließlich überhaupt keinen Grund, sich bedroht zu fühlen, aber trotzdem wollte er auf Nummer Sicher gehen und heute Abend eine Probe aufs Exempel machen.

Henning Stabner bog in die Lindenstraße ab. Triste Mehrfamilienhäuser, schmutzig-trübe Straßenlampen, eine Litfasssäule mit zerfetzten Plakaten, ein geschotterter Gehweg mit Zigarettenkippen und Hundehaufen. Keine exclusive Wohngegend, gewiss nicht, aber hier war er zu Hause, war er endlich zu Hause, und er konnte sich gut vorstellen, für immer hier zu bleiben. Nur ein Auto kam ihm entgegen, auf einem der Anwohnerparkplätze wurde die Wagentür zugeknallt. Eine traute kleinbürgerliche Behaglichkeit: Weihnachtsschmuck hinter den Wohnungsfenstern, ein Kind lachte, irgendwo dudelte Musik. Häuser, in denen Menschen wohnten, sich liebten, sich stritten, füreinander da waren und ihre Sorgen und Freuden miteinander teilten. Vor der Nummer 23 bog Henning vom Gehweg ab und trottete zum Haus. Eine dreistöckige Mietskaserne mit einer vormals weißen und jetzt eher grauen Putzfassade, einer zweiflügeligen Haustür mit angerostetem Rahmen und einer Galerie mit zwölf Briefkästen aus lackiertem Blech – das war sein Daheim geworden, und er war froh, dass er hier leben durfte. Aus seinen einst großen Plänen von einer Karriere als Wissenschaftler und Forscher war nichts geworden, und wenn er sich auch manchmal eingestand, dass er aus seinem Leben mehr hätte machen können, fühlte er sich nun, als Lohnbuchhalter mit einer mickrigen Zwei-Zimmer-Wohnung, glücklicher und zufriedener als jeder Geldaristokrat in seinem Palast. Henning Stabner ließ die Tür hinter sich ins Schloss scheppern. Ein gefliester Boden, gefliese

Treppenstufen, ein Treppengeländer aus Stahlrohr, weiß gestrichene Wände mit vereinzelten Flecken, links und rechts Wohnungstüren mit abgestoßenen Namensschildern und Klingelknöpfen darunter. Auf der Treppe hallten kurze, feste und zugleich auch leise, zaghafte Schritte. Elvira Trompert aus der Wohnung gegenüber und ihr Filius, ein aufgeweckter Erstklässler, kamen ihm entgegen. Elvira war alleinerziehend und hatte eine Halbtagsstelle im Supermarkt.

„Guten Abend, ihr beiden!" Henning Stabner deutete ein Kopfnicken und ein Lächeln an.

„'n Abend, Henning!" Leuchtende Augen in einem verhärmten Gesicht. Henning Stabner wusste, dass Elvira Trompert einen Mann suchte und auch, dass sie ein Auge auf ihn geworfen hatte.

„Guten Abend, Onkel Henning!"

„Guten Abend, Timmi! Schularbeiten schon gemacht?"

„Schon längst, Onkel Henning, schon längst! Wir hatten nur eine Seite zu schreiben aufgehabt! Und jetzt, jetzt gehe ich mit Mutti zum Weihnachtsmarkt!"

„Na, dann wünsche ich euch viel Spaß!"

Ein etwas verlegenes Lächeln von Elvira Trompert. Leise, tippelnde Schritte. Henning Stabner hörte, wie die Haustür ins Schloss fiel, und stieg die Treppe hinauf in den ersten Stock. Vor der braun furnierten Tür mit seinem Namensschild und seinem Klingelknopf fingerte er den Wohnungsschlüssel aus der Jackentasche und rammte ihn ins Schloss. Ein sattes Klicken; die Tür glitt auf. Henning stellte die Aktentasche ab, schob sie mit dem Fuß zur Seite, trat sich die Schuhe aus und schlüpfte in seine Pantoffeln. Die Jacke auf einen Kleiderbügel und an die Flurgarderobe damit! In der Küche empfing ihn behagliche Wärme. Henning knipste den Lichtschalter an und ertappte sich dabei, dass er wie ein rheumatischer, alter Herr ächzte, als er auf die Eckbank sank. Ob er sich auch so ausgepumpt und gerädert fühlen würde, wenn eine liebe Frau, ein aufgeweckter Junge und ein gedeckter Abendbrottisch auf ihn warteten? Eigentlich, fand er, könnte ich Elvira mal zu einer Flasche Wein einladen ... Henning Stabner lächelte eine kleine Weile vor sich hin, drückte sich schließlich von der Bank hoch, um den schmerzenden Rücken etwas zu strecken, und schlurfte zum Herd. Die Rühreier zum Abendessen und der Pfefferminztee brachten ihn wieder auf die Beine, und nach der Tagesschau und dem Western fühlte er sich geradezu erholt. In der Wohnung nebenan ging die Toilettenspülung. Es wäre jetzt an der Zeit, sich ins Bett zu legen, aber den Mann in der schwarzen Lederjacke hatte Henning keineswegs vergessen. Er knipste das Licht aus, wartete einen Moment, schlich hinüber in die Küche und stellte sich hinter die Gardine. Die Lindenstraße lag schwarz und verlassen vor ihm, der Schneeregen hatte aufgehört, auf den Parkstreifen standen einige Autos und nur noch hier und da ein Lichtschein aus einem Fenster. Sonst gab es nichts zu sehen. So nahm Henning ein Blatt Papier, kritzelte ein paar Zahlen und Buchstaben darauf und faltete es klein zusammen. Er trat hinaus in den Flur, schlüpfte in seine Schuhe, zog den Mantel über und ging aus dem Haus, ohne Licht zu machen.

Auf der Eingangstreppe blieb er kurz stehen, lauschte in die Dunkelheit hinein und atmete tief die kühle, frische Nachtluft. Irgendwo das klägliche Maunzen einer Katze. Dann ging Henning Stabner mit großen Schritten davon. Genau unter der Laterne drehte er sich auffallend unauffällig nach allen Seiten um, pirschte weiter zu der Telefonzelle auf der anderen Straßenseite, zog die Tür auf, schob das zusammengefaltete Blatt hinter den Münzfernsprecher, huschte auf die andere Straßenseite und machte sich in die Finsternis davon.

Henning brauchte in seinem Wohnzimmer nicht lange mit dem Fernglas hinter der Gardine zu warten. Eine Frau im schwarzen Trenchcoat schälte sich aus der Dunkelheit heraus, steuerte mit schnellen Schritten auf die Telefonzelle zu, zog seinen Zettel hinter dem Münzfernsprecher hervor, beäugte ihn misstrauisch, steckte ihn ein und verschwand wieder wie ein Schatten irgendwo in der Stille.

Henning stöhnte auf. Er wurde also wirklich überwacht, und was das bedeutete, konnte er sich an den fünf Fingern abzählen. Aber bis man dahinter kam, dass die scheinbar verschlüsselte Botschaft an einen Unbekannten nur eine Finte war, hatte er noch etwas Zeit … und die galt es zu nutzen!

Beim Schein einer Taschenlampe holte Henning Stabner die Reisetasche aus dem Schlafzimmerschrank, stopfte einige Garnituren Unterwäsche, ein Hemd, einen Pullover und sein Waschzeug hinein, ließ die Pistole in der rechten und die Handgranate in der linken Manteltasche verschwinden, schlich auf Zehenspitzen die Treppe hinunter und kroch durch das rückwärtige Kellerfenster aus dem Haus. Das Mondlicht fiel in breiten, hellen Balken auf den Hinterhof.

Mit dem Freimut eines Menschen, der alles hinter sich geworfen hat, stieg Henning über den Zaun zum Nachbargrundstück. Er hörte das Rauschen des Nachthimmels, und ihm war fast ein wenig wehmütig ums Herz. Er hatte hier fast drei Jahre in Frieden gelebt und sich eine neue, bescheidene Existenz aufgebaut, war gut Freund mit Nachbarn und Kollegen und niemand wäre je auf die Idee gekommen, in ihm einen untergetauchten und weltweit gesuchten Terroristen zu vermuten.

Barzahlung

„Sie sollten Ihre Rechnungen nicht bar bezahlen, sondern besser überweisen oder vom Konto abbuchen lassen. Dann kostet Sie das nämlich keine Gebühren." Hertha Schomer, die Kassiererin der kleinen Sparkassenfiliale, schob der alten Frau Krusmann einen Einzahlungsbeleg, einen Kontoauszug und zwei Fünfzig-Euro-Scheine entgegen. „Hatte ich mit Ihrem Mann schon alles besprochen, aber dann mussten wir beide ins Krankenhaus, und darüber ist es wohl liegen geblieben."

Frau Krusmann nahm den Einzahlungsbeleg, den Kontoauszug und die beiden Fünfziger, die bis zum Monatsende reichen mussten, vom Zählteller, heftete alles mit einer rostigen Büroklammer zusammen und schob es in eine alte, verknitterte Fensterbriefhülle.

„Ach", fragte sie schüchtern, „Sie waren auch krank?"

„Ja, leider." Hertha Schomer stempelte das Einzahlungsformular ab und legte es in einen der Ablagekörbe. „Das Herz! Wenn man älter wird, bleibt sowas nicht aus. Eigentlich sollte ich noch gar nicht arbeiten, aber wir haben so wenig Personal, da kann ich unmöglich krankfeiern." Sie lächelte matt.

„Das ist aber gar nicht gut. Sie sollten zuerst an sich selbst denken. Man muss immer zuerst –"

Die Glastür fiel ins Schloss, Schritte kamen näher. Ein stoppelbärtiger, breitschultriger Mann in einer abgewetzten Lederjacke trat an den Bankschalter. Die alte

Frau Krusmann drehte den Kopf zur Seite, um ihn besser anschauen zu können.

„Junger Mann!", protestierte Hertha Schomer. „Die Kundin ist noch nicht –"

Der kalte, durchdringende Blick ließ sie verstummen. Frau Krusmann wollte dem eiligen Kunden Platz machen und sah sofort die Pistole in seiner Hand.

„Ruhe!", knurrte der Grobian, und die alte Frau wagte nicht mehr zu atmen.

„Hier!" Der Mann quetschte mit der Linken einen schmuddeligen Stoffbeutel durch die Durchreiche. Wie zufällig zeigte die Pistolenmündung auf Frau Krusmanns Kopf.

„Vollmachen!"

Hertha Schomer war kreidebleich geworden. Ihr Herz raste. Aus den Augenwinkeln heraus schielte sie zu der Alarmleiste und dem Knopf für die Überwachungskamera.

„Wird's bald?"

Herta Schomer sah nur noch die kleine, runde Pistolenmündung, die nun auf ihr Gesicht zeigte. Das Herz schlug ihr bis zum Halse. Die Alarmleiste war plötzlich endlos weit von ihrem Knie entfernt. Mit zitternden Händen riss sie den Stoffbeutel auf und stopfte das Geld aus der Wechselgeldkasse hinein. Hundert-Eu-ro-Scheine, Fünfzig-Euro-Scheine, Zwanziger, Zehner und Fünfer. Dann das Kleingeld. Das Bankleitzahlenbuch, der Locher und der Stempel fielen zu Boden.

„Reicht! Die Tasche her! Mach schon, sonst knallt's!"

Der Bärbeiß stieß mit der Pistolenmündung gegen die Glasscheibe. Hertha Schomer drückte den Stoffbeutel durch die Durchreiche und begann an Armen und Beinen zu zittern. Sie wusste, dass dieser Mann jetzt abdrücken würde, sie wusste es ganz genau.

„Bitte", wimmerte sie, „bitte nicht!"

Frau Krusmann presste die Fensterbriefhülle mit der Einzahlungsquittung, den Kontoauszügen und den beiden Fünfzigern, die bis zum Monatsende reichen mussten, an sich. Wenn ihr nur das Geld bliebe!

„Pah!"

Der Finsterling grinste gallig und riss den schmuddeligen, prall gefüllten Stoffbeutel an sich. Der Zählteller und der Drahtständer mit den Prospekten schepperten zu Boden, einige Banknoten flatterten hinterher und Faltblätter mit Werbung für Bausparverträge und Aktienfonds. Der Kugelschreiber baumelte an der Kette. Frau Krusmann schluckte. Hertha Schomer war schweißgebadet.

„Ruhe! Und ja keine Dummheiten! Gilt auch für dich, Oma!"

Der Mann schob die alte Frau Krusmann zur Seite und ging langsam zurück, die Pistole auf die beiden Frauen gerichtet. Die Glastür rumpelte, man hörte den Gangster die Treppe herunterstapfen, dann fuhr auf der Straße ein Auto an. Hertha Schomer griff sich an die Brust, röchelte und stürzte zu Boden.

„Um ... um Gottes Willen! Was ist mit Ihnen?", wisperte Frau Krusmann. Hertha Schomer gab keine Antwort.

„Ach, du meine Güte!"

Frau Krusmanns Augen flogen durch den Schalterraum. Der Kontoauszugsdrucker ... der Papierkorb ... der Schirmständer ... die Banknoten auf dem Boden ... die bunten Faltblätter ... die vielen Banknoten ... der Kugelschreiber an der Kette ... die himmelvielen Banknoten ...

Mit einem Ruck riss sich die alte Frau aus ihrer Erstarrung, raffte die liegengelassenen Geldscheine vom Boden auf, steckte sie in ihren Briefumschlag und den Briefumschlag in ihre Handtasche. Dann stakste sie zum Eingang und riss die Glastür auf.

„Hilfe!", kreischte sie, so laut sie konnte. „Zu Hilfe! Polizei! Überfall!"

Elisa

Roland erwachte mit dröhnenden Kopfschmerzen und bleischweren Gliedern. Er hatte große Lust, liegenzubleiben und nur zu schlafen, endlich einmal richtig auszuschlafen. Bestimmt gingen dann diese schrecklichen Kopfschmerzen weg, und bestimmt musste er dann auch nicht mehr an Elisa denken. Elisa … Er hatte sich doch längst von ihr gelöst, hatte sie vollkommen vergessen und ihr Schatten lag nicht mehr über ihm und Isabel. Aber vor ein paar Tagen war dieser Briefumschlag mit ihren Fotos in seiner Post gewesen, und schon waren all die Erinnerungen wieder da. Und die Kopfschmerzen.

„Los, aufstehen!" Isabel riss beide Fensterflügel auf. Ihr Bademantel und die Gardinen flatterten im Wind, und die eisige Luft traf Roland wie ein Schlag.

„Ach, Isa!" Er schlug die Bettdecke zur Seite und rieb sich die Augen. „Ich fühl´ mich wie erschossen! Könnt´ den ganzen Tag durchpennen!"

„Armer Rolli! Hoffentlich hast du dir keine Erkältung geholt! Das geht schnell bei diesem Sauwetter!" Sie küsste ihn auf die Stirn und Roland roch die Seife und das Shampoo und ihre frisch geföhnten Haare.

„Aber es hilft alles nichts! Du musst aufstehen, sonst bist du nachher zu spät im Laden!" Isabel zog ihn aus dem Bett. „Marsch, ins Bad mit dir! Nimm eine schöne, heiße Dusche und wenn du hinterher gefrühstückt hast, geht´s dir auch wieder besser!"

Womit sie ganz recht hatte. Die Rasur, die Dusche und der heiße Kaffee wirkten Wunder und als Roland aus dem Haus ging, fühlte er sich wie neugeboren. Auch die Gedanken an Elisa waren wie weggeblasen und kamen ihm beinahe kindisch vor. Wie gut, dass er Isabel nichts davon gesagt hatte!

Im Geschäft gab es an diesem Morgen recht viel zu tun. Ein verliebtes junges Pärchen suchte Trauringe aus, ein weißhaariger Herr im Nadelstreifenanzug brachte seine Armbanduhr zur Reparatur, eine dicke, kuhäugige Frau nahm eine Brosche und ein kratzbürstiges Pummelchen entschied sich nach langem Hin und Her für einen Brillantring.

„Du lieber Gott!" Frau Rahli drückte die Tür hinter dem Mädchen zu und rollte mit den Augen. „Kommt hier rein und weiß nicht, was sie überhaupt will! Gar keine Vorstellung! Sucht erst ´ne Perlenschnur, dann ´ne Goldkette und nimmt am Ende diesen Ring! Unmöglich, kann ich nur sagen! Der passt vielleicht zu ´ner Frau in meinem Alter, aber doch nicht zu so ´nem Küken!"

„Nun, Frau Rahli, für solch schwierige Fälle sind Sie schließlich da!"

„Ich geb´ mir auch alle Mühe! Aber sowas!" Sie watschelte hinter die Vitrine mit Bernsteinketten und Perlenkolliers und zupfte eine Fussel von ihrem blauen Wollkostüm.

„Nun ja, Chef, Geld ist Geld. Gehen Sie nach hinten?"

„Da müsste ich schon längst sein!" Roland nahm die Brille ab und rieb sich die Augen. „Dekorieren Sie bitte nachher das linke Schaufenster um. Die neuen Stücke von Seiko und Dugena legen Sie ganz nach

116

vorn und die Kameen kommen an den Drehständer."

„Ist recht. Soll ich mir das andere Schaufenster auch vornehmen oder macht das heute Nachmittag Ihre Frau?"

„Das macht meine Frau." Roland setzte die Brille wieder auf. „Frau Rahli, wenn's irgendwie geht, halten Sie mir heute Morgen alles vom Leibe, sonst werd' ich mit den Reparaturen nicht fertig." Damit zog er den grünen Filzvorhang zur Seite und verzog sich in seine Werkstatt.

Frau Rahli kam ganz gut alleine zurecht. Erst als sie gegen Mittag mit dem Schaufenster fertig war, musste sie kurz zu ihm. Roland saß an seinem Werktisch, presste den Telefonhörer an den Kopf und zitterte wie Espenlaub. Auf dem Arbeitsteller lagen der Lötkolben, die Uhrmacherfeile und ein Gliederarmband.

„Chef? Um Gottes Willen, Herr Borbonus, was ist denn mit Ihnen? Was ist passiert?"
Roland war schweißgebadet und rang nach Luft.

„He! Chef! Chef! So geben Sie doch Antwort! Ist Ihnen nicht gut?" Frau Rahli rüttelte ihn kräftig durch. „Soll ich Ihnen einen Arzt rufen?"
Roland schloss die Augen und schüttelte den Kopf. „Nein, nein, es geht schon. Es ist nichts weiter."

„Nun ja, Sie müssen es selbst wissen. Was ist, wollten Sie gerade jemanden anrufen?"
„Anrufen? Ich? Wieso?"
„Weil Sie den Telefonhörer in der Hand haben!"

„Den Telefonhörer?" Roland schaute verdutzt auf den Hörer und legte ihn endlich auf die Gabel zurück.

„Ach so. Nein, nein, ich bin gerade angerufen

worden. Ein Kunde. Wollte wissen, ob seine Uhr fertig ist."

Frau Rahli runzelte die Stirn. „Komisch. Ich hab´s gar nicht klingeln gehört, sonst wäre ich vorne schon drangegangen. Ist aber auch egal. Ich wollte nur sagen, dass Sie unbedingt neue Quarzbatterien bestellen müssen. Und von den fünffünfundachtziger Halsketten sind nur noch drei da. Schreiben Sie´s auf?"

Roland atmete schwer. „Ist gut. Wird gemacht." Das Zittern hatte aufgehört. „Frau Rahli, geben Sie mir doch bitte meine Tabletten. Die sind in der Jacke da drüben."

Sie tastete den Seidenblazer ab und reichte Roland ein braunes Glasröhrchen. Er drückte den Deckel ab und schüttelte zwei Kapseln in seine Hand.

„Danke. Sagen Sie, sind Sie mit dem Schaufenster fertig geworden?"

„Bin ich. Schau´n Sie sich´s nachher mal an." Frau Rahli musterte ihn misstrauisch. „Ist auch wirklich alles in Ordnung, Chef?"

Roland tastete nach seiner Brille, legte sie auf die Filzablage und rieb sich die Augen.

„Ja, ja, ist alles in Butter. Bestimmt."

„Wenn Sie´s sagen, wird´s wohl stimmen. Ich muss jetzt wieder nach vorne. Kundschaft."

Der Filzvorhang wehte und Roland hatte seine Ruhe. Um Himmels Willen, was sollte er bloß tun? Eigentlich musste er es Isabel sagen, dass ihn Elisa gerade angerufen hatte. Auch wenn es sie beunruhigte. Roland begann, in der Werkstatt auf und ab zu gehen und konnte sich zu keinem Entschluss durchringen. Erst als er zum Mittagessen nach Hause fuhr und den Plattenweg zu seinem Reihenhäuschen hinaufstob, wusste er, dass er diese Sache ohne Isabel durchstehen musste.

„Hallo", strahlte sie und hauchte ihm einen Kuss auf die Wange. „Nun, wie geht´s dir? Gab´s viel zu tun?"

„Es ging." Roland hängte sein Jackett auf einen Bügel, lockerte die Krawatte und krempelte die Hemdsärmel um. „Von den Broschen, die ich letzte Woche gemacht habe, ist schon eine weggegangen."

„Fein! Besser als nichts!" Isabel trocknete ihre Hände an der Schürze ab. „Wirst sehen, das Geschäft läuft auch wieder besser! Du, sei doch so lieb und deck den Tisch. Ich kann schlecht hier weg, sonst brennen die Reibekuchen an." Sie gab mit dem Schöpflöffel Teig in die Pfanne, und es bruzzelte verführerisch. Roland zog die Besteckschublade auf und suchte Messer, Gabeln und Dessertlöffel heraus.

„Gehst du heute Abend wieder zum Tennis, Isa?"

„Klar. Wenn wir nachher in den Laden fahren, nehm ich gleich meine Sachen mit und geh´ direkt hin."

„Dann spaziere ich in dieser Zeit ein wenig im Wald herum, das wird mir guttun."

Isabel jonglierte einen Teller mit Pfannkuchen auf den Tisch. „Stimmt genau. Ein bisschen Bewegung kann dir nicht schaden."

Womit sie ganz recht hatte. Ein Waldspaziergang war für Roland schon immer die beste Medizin gewesen. Die frische Luft, der Geruch nach Harz und Moos und Bäumen und die Stille brachten ihm mehr als alle

Tabletten, aber Dr. Spister hatte dringend geraten, sie weiter einzunehmen, und Isabel achtete unerbittlich darauf, dass er es auch tat.

„Übrigens, du brauchst mich danach nicht in der Tennishalle abzuholen. Ich komm´ mit Rico. Wenn wir schon zusammen für das Mixed trainieren, kann er mich auch heimbringen."

„Ist mir ganz recht." Roland legte das Besteck auf den Küchentisch und stellte zwei flache Teller dazu. „Dann kann ich nachher ganz gemütlich nach Hause fahren und noch etwas lesen oder fernsehen, bis du kommst."

Für ihn war das ein seltenes Vergnügen; wann fand er schon einmal die Zeit, in Ruhe ein Buch zu lesen oder eine Sendung anzuschauen? Roland freute sich wie ein Kind darauf, dass es Abend wurde und obwohl im Geschäft nicht viel zu tun war, verging die Zeit wie im Fluge. Der Spaziergang nahm etwas Spannung von ihm und die Mußestunde am offenen Kamin war eine Wohltat. Roland roch gerade an seinem zweiten Glas Remy Matin, als Isabel die Tür aufschloss.

„So, da bin ich wieder!" Sie trug noch ihren weißen Tennisdress und wirkte total ausgepumpt.

„Fein", freute sich Roland. „Oh, guten Abend, Rico!"

„´n Abend."

„Nett, dass du mit reinkommst. Magst was trinken?"

„Nö, danke." Rico strich sich die blonde Mähne aus der Stirn. Auch er trug noch seine Tennisklamotten; der gelbe Jogginganzug klebte an ihm, und auf der Lederjacke glänzten Schweißtropfen.

„Natürlich trinkst du was!", kommandierte Isabel.

„Keine Widerrede! Also, was willst du haben? 'nen Wein? Ein Bier? Oder lieber 'nen Baccardi?"

Rico plumpste auf die Ledercouch. „Bevor ich mich schlagen lasse, nehm' ich ein Bier!"

„Das ist vernünftig", frozzelte Roland, „ein Sportler muss schließlich was zum abtrainieren haben! Wie ist's denn gelaufen?"

„Ooooch, ganz gut. Deine Frau hat sogar ab und zu den Ball getroffen."

Isabel knuffte ihn gegen die Schulter und stellte eine Flasche Pils und einen Bierseidel auf den Glastisch.

„Zur Abwechslung kann ich dir ja das nächste Mal den Schläger auf den Kopf hauen!"

„Muss nicht sein." Rico legte seine Pranke um die Bierflasche und schenkte sich ein. Isabel nahm neben ihm Platz, in der Hand ein Weinglas.

„Muss nicht, kann aber!" Sie nippte an ihrem Weißherbst. „Donnerwetter, da hat aber einer Durst! So wild haste doch gar nicht trainiert eben!"

„Nein. Du aber auch nicht. Du, wenn du von der Messe zurück bist, müssen wir unbedingt öfter trainieren, sonst können wir das Mixed vergessen."

Rico wischte sich mit dem Handrücken über den Mund. Roland wiegte den Cognacschwenker in der Hand und deutete ein Grinsen an.

„Ihr beide werdet noch olympiareif. Wann ist euer Turnier?"

„In sechs Wochen." Isabel hob wieder das Glas und schoss einen langen Blick zu Rico hinüber.

„Nun, da habt ihr ja noch etwas Zeit. Möchtest du noch 'ne Flasche, Rico?"

„Nö, lass man. Ich muss beizeiten aus dem Bett kommen." Er drückte sich von der Couch hoch und wäre ums Haar mit dem Kopf gegen die Wohnzimmerlampe gestoßen.

„Ach, nun stell dich nicht so an! Eins kannst du noch trinken!" Isabel verzog die Lippen zu einem Schmollmund.

„Nein, wirklich nicht." Rico nestelte an seiner Lederjacke und zog den Reißverschluss zu. „Also dann! Tschüss Roland!"

„Tschüss Rico. Mach´s gut!"

Isabel brachte Rico zur Haustür und tuschelte noch einige Worte mit ihm auf der Schwelle. Was, konnte Roland nicht verstehen. Endlich kam sie ins Wohnzimmer zurück, aufgedreht wie schon lange nicht mehr und albern wie ein Schulmädchen. Ihre gute Laune steckte Roland an; sie genehmigten sich noch zwei weitere Drinks, und als sie endlich schlafen gingen, war es schon nach zwölf.

Das Geschäft lief die nächsten Tage einfach katastrophal und Roland war der Verzweiflung nahe. Der neue Juwelier Sauer am Schlossplatz schnappte ihm fast die ganze Laufkundschaft weg. Gewiss, wer etwas Exclusives suchte, der kam nach wie vor zu Roland. Aber Kleinteile wie Ohrstecker, Halskettchen und Anhänger gingen kaum noch, und das schon seit Wochen. Ohne die Uhrmacherwerkstatt hätte es sehr trübe ausgesehen.

„Was ist denn nur mit dir los? Du bist ja so bedrückt!" Isabel streichelte Roland sanft über die Wange. Den ganzen Nachmittag standen sie nun im Laden und warteten auf Kundschaft, aber vergeblich. Die Leute eilten an den Schaufenstern vorbei, warfen bestenfalls einen kurzen Blick in die Auslagen und hasteten weiter. Herein kam niemand.

„Was stimmt denn nicht?", bohrte sie. „Ist es das Geschäft? Ist es deswegen?"

Roland nickte schwach und schlug die Augen nieder.

„Armer Rolli! Armer, kleiner Rolli! Das ist doch alles gar nicht so schlimm!"

Isabel legte die Fingerspitzen unter sein Kinn und dann sah sie, dass er die Augen voller Tränen hatte.

„Nun mach dir doch keine Sorgen! Das wird alles schon wieder!"

Wenn jetzt jemand reinkäme! Ein Glück, dass Frau Rahli heute ihren freien Nachmittag genommen hatte!

„Ach, Isa! Ach, Isa!" Roland beruhigte sich nur langsam. Dann nahm er seinen ganzen Mut zusammen und machte seinem Herzen Luft. „Wenn sie mich doch wenigstens in Ruhe lassen würde! Aber laufend ruft sie an!"

„Wer ruft dich laufend an?"

Roland schluckte. Dann hob er den Kopf.

„Elisa. Wer denn sonst?"

„Elisa?" Isabel zuckte zusammen. „Elisa? Um Himmels Willen, Roland, geht das denn wieder los?"

Roland nahm die Brille ab, nestelte ein Taschentuch hervor und trocknete seine Augen.

„Laufend ruft sie mich an. Mal hier, mal zu Hause. Immer, wenn du nicht da bist. Erst gestern Abend wieder, als du Tennis gespielt hast."

„Aber Roland, was erzählst du denn da! Das kann

doch überhaupt nicht sein!"

„Doch", beharrte er, „das ist ja das Schlimme! Ruft an, fragt, wie es mir geht und legt wieder auf. Sie lässt mich einfach nicht in Ruhe! Vorgestern kam ich morgens in die Werkstatt und da lag auf meinem Tisch ein Bild von ihr und eine Tafel weiße Schokolade. Und … und eine Einladung zum Abendessen im Bella Italia."

Roland presste die Lippen zusammen und sah starr auf die Regulatoren und Telleruhren über der Ladentür. „Sie gibt mich einfach nicht frei! Was soll ich denn nur machen?"

Isabel atmete schwer. „Aber Rolli!"

Isabel überlegte und Roland bereute fast, dass er ihr alles gebeichtet hatte. Aber wenn er zu Isabel kein Vertrauen fassen konnte, zu wem dann? Was sie wohl denken mochte?

„Du hättest hingehen sollen!"

„Du … du meinst …?"

„Ja. Du hättest hingehen sollen." Ihr Blick war ungewohnt kalt und entschlossen. „Du darfst dich nicht verstecken und vor ihr weglaufen, sonst wirst du immer auf der Flucht sein! Das weißt du!"

„Ich kann mir nicht helfen, Isa, aber ich glaube nicht, dass das richtig ist. Ich meine …"

„Doch, Rolli, du musst dich ihr stellen, da führt kein Weg dran vorbei! Und –", sie legte ihm die Fingerspitzen auf die Wange, „nimm das alles nicht so schwer! Eine Krise kann jeder mal haben! Das wird schon wieder!" Sie lächelte ihn an und fasste seine Hand.

„Ist gut."

„So, jetzt aber Marsch nach hinten und wasch dich mal! So verheult kannst du nicht im Laden stehen!"

Nein, das konnte er wirklich nicht. Als Roland das kalte Wasser im Gesicht fühlte, wusste er, dass seine Isa recht hatte. Seine Isa! Sie überschüttete ihn mit einer grenzenlosen Liebe und geradezu mütterlichen Fürsorge und sie würde ihm auch helfen, Elisa zu widerstehen. Er musste endlich mit ihr fertig werden und sie ein für allemal abschütteln!

Genau das war aber gar nicht so einfach. Elisa erwies sich nämlich als überaus hartnäckig.

Roland hatte das Gefühl, dass sie auf Schritt und Tritt um ihn herum war. Einmal glaubte er zu sehen, wie sie draußen vor dem Geschäft stand und ihn durch das Schaufenster hindurch anstarrte, aber dann war es doch nur irgendeine junge Frau mit den gleichen kastanienbraunen Haaren und in genau dem gleichen roten Trench, wie ihn Elisa immer getragen hatte. Roland maß diesem Vorfall, der eigentlich gar keiner war, allerdings keine größere Bedeutung bei, und auch nicht den ständigen Telefonanrufen. Dazu fühlte er sich einfach viel zu wohl und viel zu unbeschwert. Natürlich trugen daran die neuen Tabletten, die ihm Dr. Spister verschrieben hatte, ihren Anteil; die halfen bestens. Der hohe Blutdruck war schon nach wenigen Tagen wieder normal und auch die Kopfschmerzen waren weg. Roland hielt diese neuen Tabletten vor Isabel gut versteckt; sie sollte nicht wissen, dass er wieder in Behandlung war, sollte sich nicht noch mehr um ihn sorgen. Auch heute Morgen war Roland wieder lange in der Klinik gewesen, und als er gegen

Mittag ins Geschäft zurückkam, hatte Frau Rahli bereits das Schaufenster umdekoriert und goss die Yuccapalmen.

„So, da bin ich wieder!" Roland knöpfte seinen Raglan auf und lockerte die Krawatte. „War viel losgewesen?"

„Es ging." Frau Rahli stellte die Gießkanne auf die Vitrine mit Damenuhren und gähnte herzhaft. „Wissen Sie, Chef, es wäre wirklich gut, wenn wir ein wenig Modeschmuck oder Imitate mit ins Angebot nehmen würden. Da wird recht viel nach gefragt, das glauben Sie gar nicht."

„Ich weiß." Roland zog den Vorhang zur Werkstatt beiseite. „Wenn meine Frau nächste Woche zur Herbstmesse fährt, wird sie sich danach umsehen. Sagen Sie, wo ist denn das Branchenfernsprechbuch?"

„Das Branchenfensprechbuch? Müsste bei Ihnen auf dem Tresor liegen. Warum?"

„Ach, nur so." Roland schlüpfte in die Werkstatt, zog den Vorhang hinter sich zu, hängte seinen Mantel an die Garderobe und begann, in dem kleinen Raum auf und ab zu gehen. Das Gespräch mit Dr. Spister musste er erst verdauen. Er hatte mit einer niederschmetternden Diagnose gerechnet … aber doch nicht mit sowas! Roland umkreiste den Uhrmacherdrehstuhl ein ums andere Mal, zerbiss sich die Lippen, knöpfte das Hemd auf, dann wieder zu und wusste einfach nicht, was er machen sollte. Endlich nahm er die Telefonbücher, blätterte recht lange darin herum, griff dann zum Telefonhörer und wählte eine Nummer.

„Guten Tag", jubilierte eine Frauenstimme.

„Guten Tag. Bin ich richtig verbunden mit … äh … mit der Detektei Burgas?"

„Sind Sie. Was können wir für Sie tun?"

Roland rutschte auf dem Stuhl hin und her. „Ist ´ne recht heikle Sache, kann ich Ihnen am Telefon nicht erklären. Sagen Sie, könnte ich kurzfristig einen Termin bei Ihnen bekommen? Ist sehr dringend. Ein Notfall gewissermaßen."

Roland hörte die Frau in irgendwelchen Papieren rascheln.

„Morgen Vormittag um halb elf hat Herr Burgas noch einen freien Termin. Ginge das?"

„Ich werde da sein." Rolands Stimme klang sehr rau.

„Sagen Sie mir doch bitte noch Ihren Namen!"

„Borbonus. Roland Borbonus."

„Alles klar, Herr Borbonus", trällerte die Stimme, „dann bis morgen!"

Es knackte in der Leitung, und Roland legte ebenfalls auf. Er fröstelte. Wenn sich Dr. Spister doch nur irrte, wenn er sich doch nur irrte, wenn sich seine Ahnungen und Befürchtungen doch nur als haltlos erwiesen! Roland klammerte sich an diese Hoffnung, steigerte sie zur Gewissheit hoch, und den Termin bei Burgas nahm er eigentlich nur wahr, damit der die Vermutungen des Arztes widerlegte und ihn selbst beruhigen sollte. Roland bezahlte einen angemessenen Honorarvorschuss, Burgas machte sich an die Arbeit, und dann fuhr Isabel zur Schmuckmesse und ließ Roland alleine zu Haus. Er nutzte gleich seinen ersten Abend als Strohwitwer zu einem ausgedehnten Spaziergang durch den Stadtwald, atmete die frische, kühle Luft, die schon den ersten Frost ankündigte, und fühlte sich stark und frisch. Er war gerade zur Haustür herein, als das Telefon klingelte.

„Borbonus, guten Abend!"

„Guten Abend, Rolli! Wie geht's dir?"

„Oh, Isa! Mit dir hatte ich noch gar nicht gerechnet! Ich komm' eben vom Spazierengehen und wollte jetzt die Abrechnung fürs Finanzamt fertigmachen. Rufst du aus dem Hotel an?"

„Nein, ich bin unten am Hafen in 'ner Telefonzelle." Isabel war ganz aufgekratzt. „Du, das ist toll hier! Einfach toll! Und das Wetter: Spitze! Einfach Spitze!"

„Schön."

„Ich würd' am liebsten noch 'ne Woche länger bleiben, so gut gefällt's mir hier!"

„Aha."

„Und das Hotel ist prima. Richtig nobel. Einfach irre."

„Hm." Roland kaute auf seinen Lippen.

„Rolli?"

„Ja?"

„Du bist ja so still, Rolli! Ist was?"

Er stieß einen bedrängten Atemzug aus. „Sie war hier", kam es nach einer Weile.

„Wer war wo?" Am anderen Ende der Leitung war eine Schiffssirene zu hören.

„Elisa. Sie war hier. Hier im Haus."

Isabel schnappte nach Luft.

„Heute Mittag, als ich zum Essen heimkam, stand ein Blumenstrauß von ihr auf dem Tisch. Der muss da hingestellt worden sein, kurz nachdem du aus dem Haus warst. Dazu eine Tafel Schokolade. Weiße

Schokolade, die sie mir immer geschenkt hat. Und ihr Bild! Ihr Bild!"

„Rolli!" Isabels Stimme klang ganz sanft und ruhig. „Rolli, nun werd´ nicht gleich kopfscheu! Das kann nicht sein! Überleg doch mal in aller Ruhe! Das, was du da sagst, ist überhaupt nicht möglich!"

„Das dachte ich auch", ächzte Roland, „aber es stimmt! Es stimmt wirklich! Ist alles noch auf dem Wohnzimmertisch. Die Blumen. Die Schokolade. Und das Bild. Ausgerechnet dieses Bild!"

„Was ist das denn für ein Bild?"

„Von unserem Unfall. Es zeigt … es zeigt, wie sie danach aussah!"

Isabel schwieg. Wahrscheinlich dachte sie nach. Die Schiffssirene tutete nochmals.

„Rolli, jetzt hör mal zu …"

„Ja?"

„Rolli, die Sache mit Elisa ist rum. Aus und vorbei! Sie darf dir nicht mehr leid tun, und du darfst auch kein Mitleid mehr mit ihr haben. Sonst kommst du nie von ihr los. Hörst du?"

„Ja."

„Und du darfst nicht weglaufen. Damit machst du alles nur noch schlimmer. Wenn ich wieder zu Hause bin, reden wir mal in Ruhe über das alles, ja?"

„Ja. Ist gut."

„Du", säuselte Isabel mit einer ganz weichen, samtigen Stimme, „das Wichtigste hätt´ ich beinahe vergessen: Ich hab´ dich lieb!"

„Ich dich auch." Roland spürte, wie sich sein Herz zusammenkrampfte.

„Gleich macht's knack, Rolli. Ich hab' kein Kleingeld mehr. Halt die Ohren steif, es sind ja nur ein paar Tage, und –"

Das Freizeichen piepte. Roland legte den Hörer auf die Gabel zurück, und Scham und Wehmut wichen dem Gefühl einer ohnmächtigen Verzweiflung. Dass Elisa ausgerechnet jetzt wieder aus der Versenkung auftauchen musste! Als ob er nicht Sorgen genug hätte! Sie spukte ihm noch eine ganze Weile im Kopf herum, doch die Abrechnung fürs Finanzamt brachte ihn schließlich auf andere Gedanken. Am Morgen lag Elisa ihm bereits nicht mehr so schwer im Magen, und als Isabel von der Schmuckmesse zurückkam, dachte Roland schon längst nicht mehr an sie.

Schon am ersten Abend trainierte Isabel wieder mit Rico für das Mixed in vier Wochen. Roland nutzte die Zeit für einen langen Spaziergang durch den Stadtwald und studierte anschließend vor dem offenen Kamin Kataloge und Prospekte mit Messeneuheiten. Er hatte gerade Holz nachgelegt, als Isabel und Rico vom Tennisspielen kamen.

„Hallo, da seid ihr ja! Für heute genug geschwitzt?"

„Für heute ja." Isabel schob Rico durch die Wohnzimmertür. „Setz dich! Auf ein Bier bleibst du noch!" Und ohne eine Antwort abzuwarten, stellte sie drei Bierseidel auf den Glastisch, verschwand in der Küche und kam mit fünf Flaschen Erdinger zurück.

„Wie mach' ich deiner Frau klar, dass ich nichts trinken will?" Rico klebte seinen Kaugummi in den Kronenkorken, drückte den Kronenkorken zusammen und warf ihn in den Aschenbecher.

„Überhaupt nicht." Roland klappte den Schmuckkatalog zu. „Wenn sie sagt, du trinkst ein Bier, dann trinkst du! Prost!"

„Prost!" Zwei Schlucke, und Rolands Bierseidel war nur noch halbvoll.

„Wie ist denn das Training heute gelaufen?" Roland tupfte sich mit dem Taschentuch den Mund ab.

„Bestens!" Isabel sprühte vor Übermut. „Stell dir vor, er ist sogar ins Schwitzen gekommen!"

„Sag bloß! Rico, ist das wirklich wahr?"

„Es ist." Rico griff wieder nach dem Bierkrug. „Im Gegensatz zu Isa. Die stand zwei Stunden lang da wie ein Tennisdenkmal, aber das war´s auch schon!"

„Lästermaul!" Isabel trat ihn gegen das Schienbein.

„Nun, fünf Tage Pause sind fünf Tage Pause. Und bei ältlichen Damen –" Er kassierte den nächsten Tritt.

„Streit dich besser nicht mit ihr. Dabei ziehst du nur den kürzeren." Roland nahm einen herzhaften Schluck aus seinem Humpen. „Möchtest du noch eins?"

„Gerne." Rico griff nach zwei Bierflaschen, stemmte die Verschlüsse gegeneinander und hebelte eine auf. Roland öffnete zwei andere mit dem Kapselheber.

Es blieb nicht bei diesem einen Bier und auch nicht bei zweien oder dreien. Als Rico kurz nach halb eins heimfuhr, hatten er und Isabel einen leichten und Roland einen nicht mehr leichten Schwips, und der ließ ihn so tief und fest schlafen wie schon lange nicht mehr.

Als er am Morgen wie aus einem Totenschlaf erwachte, spürte er wieder diese dröhnenden Kopfschmerzen und hatte das Gefühl, sein Schädel wolle platzen. Isabel ratzte noch wie ein Murmeltier. Bestimmt freute sie sich, wenn er ihr das Frühstück ans Bett brachte. Die Herbstsonne blinzelte durchs Schlafzimmerfenster, und als Roland auf Zehenspitzen in die Küche schlich, war er so vergnügt wie die Spatzen draußen auf dem Rasen. Sein Schrei ließ Isabel im Bett hochschießen.

„Rolli? Um Gottes Willen, Rolli, was ist denn los? Warum schreist du so?"

Isabel stürmte in die Küche. Roland hielt die Stuhllehne umklammert, zitterte und starrte mit weit aufgerissenem Mund auf den Esstisch. Es roch nach Toast und frisch aufgebrühtem Kaffee.

„Was hat das zu bedeuten, Rolli? Wieso ist für dreie gedeckt? Was ist das für ein Mantel auf dem Stuhl? Und dann … oh nein!"

Jetzt erst sah sie die rote Rose in der Kristallvase auf dem Tisch. Daneben eine goldene Damenbrille, ein Brillenputztuch und das Foto einer lachenden jungen Frau mit kastanienbraunen Haaren, vergnügten Augen, Grübchen in den Wangen und einem halb geöffneten Mund. Es war Elisa. Man hatte das Gefühl, als käme sie jeden Moment zur Tür herein.

„Roland, würdest du mir das bitte mal erklären?"

„Das … das … das sind …"

„Das sind Elisas Sachen, ich weiß. Ihr Mantel. Ihr Bild. Ihre Brille. Und da ihre Handtasche auf dem Stuhl. Und auf dem Tisch steht ein Gedeck für sie."

Roland schluckte. Er war weiß wie die Wand.

„Das ist doch nicht möglich! Das ist doch absolut unmöglich! Sie kann doch nicht hier gewesen sein!"

„Nein, das kann sie nun wirklich nicht." Isabel schenkte Kaffee in zwei Tassen. „Möchtest du Zucker?"

Roland nickte geistesabwesend. Isabel gab in eine Tasse zwei Löffelchen Zucker und stellte sie vor ihn hin.

„Hier."

Roland rührte um, hob das Gedeck hoch und trank, ohne den Löffel rauszunehmen.

„Das versteh´ ich nicht, Isa! Das versteh´ ich einfach nicht! Wer, zum Teufel nochmal, hat all diese Sachen hergeschafft?"

Isabel rückte den Stuhl vom Tisch ab, setzte sich, schlug die langen Beine übereinander und blies in ihre Tasse.

„Du, Roland. Wer denn sonst?"

„Aber … aber …"

„Kein Aber, Rolli!" Isabel nahm noch einen Schluck Kaffee und schaute Roland über den Rand ihrer Tasse hinweg an. „Du bist letzte Nacht mal aufgestanden, Rolli, nicht wahr?"

„Nein! Bestimmt nicht! Ich hab´ geschlafen wie ein Fels!" Seine Stimme klang wie ein Reibeisen.

„Aber Rolli! Ich mach´ dir doch keine Vorhaltungen, und du brauchst dich vor mir auch nicht zu rechtfertigen. Gott bewahre!" Isabel stellte ihre Tasse ab und lächelte mitfühlend.

„Du hast irgendwo, vielleicht in der hintersten Ecke auf dem Dachboden, noch einen Koffer mit Sachen von Elisa rumstehen. So ist es doch, oder?"

Roland kaute auf seinen Lippen.

„Ja", gab er endlich zu. „Wenigstens ein paar Erinnerungsstücke von ihr wollte ich behalten." Er senkte den Blick und starrte auf Isabels Füße in den Lammfellpantoffeln. „Du darfst nicht vergessen, ich war immerhin sechs Jahre mit ihr verheiratet!"

„Ich weiß. Aber du darfst auch nicht vergessen, dass du jetzt mit mir verheiratet bist! Und du bist es uns beiden schuldig, dass du dich von allem trennst, was dich noch irgendwie an sie erinnert. Das muss alles weg! Alles!"

Roland zuckte mit den Schultern und ließ das Gesicht hängen.

„Du siehst, was dabei rauskommen kann!" Isabel nippte an ihrer Tasse. „Wenn die Sachen nicht dagewesen wären, hättest du diese Krise schon längst überwunden. Aber so ... "

Roland wollte etwas erwidern, doch sie ließ ihn nicht zu Worte kommen.

„Wir hatten alles bestens überstanden, Rolli, und jetzt sowas! Du steigerst dich wieder in was rein, siehst sie überall, und schon schwebt sie wieder wie ein Dämon über dir! Du darfst nicht nachgeben, du musst widerstehen! Du musst einfach!"

Roland nickte matt. Natürlich, Isabel hatte Recht! Das durfte nicht wieder von vorne anfangen, dass er Elisa überall sah und um sich herum glaubte und mit ihr umging wie mit einem lebenden Wesen. Das hatte ihn früher oft in peinliche Situationen gebracht, etwa, wenn er im Restaurant ein Essen für sie bestellte und der Ober konnte sie nicht sehen, oder wenn Roland sich beim Schaufensterbummel angeregt mit ihr unterhielt und die Passanten starrten ihn verwundert an. Schließlich hatte er in die Klinik gemusst. Roland war sehr lange dort gewesen, und noch länger hatte es gedauert, bis ihn Dr. Spister von den schweren Depressionen und Halluzinationen geheilt hatte. Aber das war doch alles längst vorbei!

„Klar, jetzt, in so ´ner Krise und mit Sorgen um das Geschäft, schleicht sie sich wieder in dein Bewusstsein. Oder versucht es zumindest." Isabel streichelte Rolands Hand. „Und dann kann sowas leicht passieren. Aber du musst damit fertig werden, du musst einfach! Oder willst du nochmal ins Krankenhaus?"

Roland schwitzte kalt. „Nein!" krächzte er.

„Schau mal", riss ihn Isabel aus seinen Gedanken, „damit, dass du immer grübelst und grübelst und dir Vorwürfe machst, machst du nichts mehr ungeschehen, oder?" Sie schob die Tasse von sich und stand auf.

„So, Rolli, und jetzt wollen wir nicht mehr darüber reden. Marsch, ins Bad mit dir! Ich räume inzwischen hier auf und mach´ uns Rühreier, die isst du doch so gerne!"

„Ich glaub´, du hast Recht." Roland trollte sich ins Bad und nahm eine heiße Dusche. Als sie zusammen frühstückten, wurde nicht mehr über die Geschichte gesprochen. Isabel erzählte von der Schmuckmesse und vom Tennisverein, und Roland lästerte über Frau Rahli, die gestern ihr altmütterliches Kostüm einmal nicht getragen hatte. Er schämte sich vor Isabel, ein-

135

mal, weil er ihr verschwieg, dass er wieder bei Dr. Spister in Behandlung war, und dann natürlich auch wegen seines Misstrauens und der Sache mit Burgas. Übermorgen musste er wieder in die Klinik, und bestimmt würde der Arzt für alles eine ganz harmlose Erklärung auf Lager haben und ihm sagen, dass seine Sorgen umsonst wären und er sich in eine völlig haltlose Idee verrannt habe.

Roland betete darum, dass es so sein würde ... aber sein Gebet wurde nicht erhört.

Was ihm der Arzt eröffnete, war für Roland schlimmer als ein Todesurteil, und er fuhr von der Klinik sofort zu Burgas durch. Der war in der Zwischenzeit auch nicht untätig gewesen und referierte ihm fast eine Stunde lang über seine Beobachtungen und verschiedene Laboruntersuchungen. Alles in allem ergänzte und bestätigte es Dr. Spisters Vortrag.

„Sagen Sie mal", begann Burgas, nachdem Roland seinen Bericht halbwegs verdaut hatte, „um das alles richtig einzuordnen, hm ..." Er lehnte sich in den schwarzen Ledersessel zurück, legte die Fingerspitzen aneinander und betrachtete seine sorgsam manikürten Hände.

„Ja?"

„Mit Ihrer ersten Frau, was war denn da genau vorgefallen? Erzählen sie mir mal alles der Reihe nach, und lassen Sie nichts aus!"

Roland rutschte in dem braunen Cordsessel hin und her. „Hm ... tja ... also ..."

„Herr Borbonus!" Burgas lächelte gütig und faltete die Hände. „Schauen Sie, ich will Ihnen helfen. Deshalb sind Sie schließlich zu mir gekommen. Aber ich muss schon alle Ursachen und Hintergründe kennen, jede Kleinigkeit, sonst tappe ich genauso im Dunkeln wie Sie selbst."

Roland hob den Kopf und starrte wie gebannt auf das Aktenregal hinter Burgas. Ein überladenes, dunkel gebeiztes Holzregal, das fast die ganze Wand ausfüllte. Billig und zweckmäßig.

„Also, wie war das denn nun mit diesem Unfall, bei dem Ihre erste Frau – wie hieß sie doch gleich? Elisa? – ums Leben kam? War es überhaupt ein Unfall?"

Burgas lächelte schon wieder, und Roland fasste zu dem unscheinbaren Mann mit der Stirnglatze, den kurzgeschnittenen, grauen Haaren und dem zerfurchten Gesicht plötzlich ein grenzenloses Vertrauen.

„Ja, es war ein Unfall." Roland lockerte mit dem Daumen seine Krawatte. „Insoweit stimmt die Geschichte schon. Wir waren in einem Tanzlokal gewesen, hatten uns gestritten. Nun ja. Ich trank zuviel, und als wir heimfuhren, war ich stinkbesoffen. Aber ich wollte Elisa nicht ans Steuer lassen. Und dann, in dieser Kurve …" Roland schluckte und presste die Lippen zusammen.

„Hm. Jetzt wird mir natürlich einiges klar. Und dann?"

„Sie war im Auto eingeklemmt und konnte nicht mehr raus! Ich werde nie vergessen, wie sie geschrieen hat, als … als … als sie verbrannte!"

Burgas stockte der Atem. „Sie meinen, sie ist …?"

„Ja. Sie ist im Auto verbrannt. Bei lebendigem Leibe. Weil ich besoffen war."

Burgas betrachtete wieder seine Fingerspitzen. „Hm. Sowas dachte ich mir schon. Schlimme Sache. – Möchten Sie noch ´nen Kaffee?"

Roland schüttelte den Kopf. Burgas beleckte seine Zähne und schob den Unterkiefer nach vorn.

„Diese Schreie! Noch heute werd´ ich manchmal nachts davon wach! Was glauben Sie, wie lange ich brauchte, bis ich darüber weg war! Und jetzt sowas!"

„Hm. Und Ihre jetzige Frau weiß das alles?"

„Isabel? Ja, die weiß das alles."

Burgas schaute auf seine Armbanduhr. „Nun gut! Ihr Arzt hat Ihnen ja schon gesagt, wie die Sache aussieht. Sie sind in Gefahr, Herr Borbonus! Ich will Ihnen keine Angst machen, aber über kurz oder lang wird was passieren! Um ehrlich zu sein: Ich rechne ständig damit!"

Er drückte sich aus dem Sessel hoch. Roland stand ebenfalls auf.

„Seien Sie vorsichtig, Herr Borbonus, seien Sie bloß vorsichtig! Am besten wäre es, wenn immer ein paar Leute um Sie herum wären!" Burgas reichte Roland die Hand. Er hatte einen angenehm kräftigen Händedruck.

„Überlegen Sie sich, was ich Ihnen geraten habe. Schlafen Sie mal drüber. Und wenn irgendwas ist, rufen Sie mich sofort an. Sofort!"

Burgas hielt Roland die Tür auf. Die Sekretärin im Vorzimmer lächelte pflichtschuldig, und Roland lächelte zurück. Zum Lachen war ihm allerdings keineswegs zumute. Es half alles nichts, jetzt musste er mit Isabel reden.

Roland überlegte den ganzen Nachmittag, wie er dieses Gespräch anfangen sollte, und kam zu keinem Ergebnis. Er grübelte den ganzen Abend und die ganze Nacht und konnte sich zu nichts durchringen. So verschob er die Aussprache auf den nächsten Morgen, dann auf den Mittag und dann nochmals auf den Abend. Und als es Abend wurde, ging Isabel zum Tennisspielen.

„Wenn ich wieder zurück bin, können wir ja noch ein Glas Wein trinken", verabschiedete sie sich, schlenderte zur Straße hinunter und stieg zu Rico in den Wagen. Der Motor brummte böse und hinterhältig, und durch Roland zuckte plötzlich eine schmerzliche Wut. Er witterte etwas wie Hass in sich, als er die Haustür zudrückte und ins Wohnzimmer zurückging. Er saß noch nicht richtig vor dem offenen Kamin, da klingelte das Telefon. Roland legte sein Buch auf den Tisch, stakste hinaus in die Diele und nahm den Hörer ab. Das Herz schlug ihm bis zum Halse.

„Borbonus, guten Abend."

Stille.

„Hallo, wer spricht dort, bitte?"

Stille.

„Hallo! Hallo!"

Jetzt raschelte es in der Leitung.

„So melden Sie sich doch!"

Es raschelte nochmals. „Guten Abend, Brummelchen!" Die Stimme schien aus weiter Ferne zu kommen.

„Guten ... guten Abend, Elisa!"

„Brummelchen? Wie geht´s dir, Brummelchen?"

139

„Mir geht′s gut, danke.“

Wieder Stille.

„Ach Brummelchen, du fehlst mir so!“

Roland schluckte. „Ja, ich weiß.“ Die Spieluhr auf dem Sideboard schlug.

„Du siehst aber gar nicht gut aus! Musst du immer noch so viel arbeiten?“

Anstelle einer Antwort grunzte Roland müde in den Hörer.

„Wir müssen mal wieder zusammen spazieren gehen, Brummelchen. Über dem Graubachtal, um den Konradfelsen herum. Oder an der Loreley.“ Aus jeder Silbe klang eine unendliche Sehnsucht.

„Ja.“

„Brummelchen, ich ruf′ dich demnächst wieder an, und dann kommst du zu mir und gehst mit mir spazieren. Abgemacht?“

„Abgemacht“, presste Roland heraus.

„Fein, ich freu′ mich schon drauf. Bis bald!“

Es knackte in der Leitung, und aus dem Hörer piepte das Freizeichen. Roland legte auf und starrte das Telefon böse an. So, so, sie wollte also mit ihm spazieren gehen, am Konradfelsen oder über der Loreley. Wie das ausginge, hatte Herr Burgas bereits gesagt.

Roland grübelte einen Augenblick, nahm seinen Mantel vom Haken und stapfte aus dem Haus. Nebelfetzen hingen über der Straße, Frost lag in der Luft, aber das machte Roland nichts aus. Er musste jetzt einfach an die frische Luft und einen klaren Kopf bekommen. Wenn er nachher mit Isabel redete, würde er den zweifellos brauchen!

Der Spaziergang durch die Altstadt beruhigte Roland ein wenig, und als er wieder zu Hause war und es sich vor dem offenen Kamin gemütlich machte, fühlte er sich frisch und ausgeruht. Roland hatte sich gerade ein Glas Remy Matin eingegossen, als Isabel vom Tennisspielen zurückkam.

„So, da bin ich wieder!" trällerte sie durch den Flur. „Wie war´s, hast du dir ´nen schönen Abend gemacht?"

„Ich war spazieren. Ist Rico nicht mitgekommen?"

Isabel hängte ihre Weißfuchsjacke an die Flurgarderobe.

„Nein, der hat heut´ Abend keine Zeit. Muss noch irgendwo hin." Sie lugte durch die Wohnzimmertür. „Oh, Rolli, das ist aber schön!"

Das Kaminfeuer und der Schein der Honigkerze tauchten den Raum in ein behagliches Halbdunkel. Auf dem Rauchglastisch standen zwei Weingläser und eine Flasche Beaujolais.

„Möchtest du nicht das Licht anmachen?" Isabel schenkte Wein in die beiden Gläser und setzte sich auf die Couch.

„Nein. Ist doch viel gemütlicher so."

Isabel nippte an ihrem Glas und beobachtete Roland über den Rand hinweg. Er saß regungslos vor dem Kamin und starrte düster in die Flammen.

„Du bist ja so still, Rolli. Ist irgendwas?"

„Nein." Roland roch an seinem Cognacschwenker.

„Aber Rolli! Was hast du denn nur?"

„Nichts."

Er drückte sich aus dem Sessel hoch, trottete zum Kamin und stocherte mit dem Feuerhaken in der Glut herum. Die Flammen sprühten.

„Elisa hat wieder angerufen."

Isabel atmete hörbar ein. „Aber Rolli!"

„Doch, wirklich. Sie hat angerufen, kurz nachdem du aus dem Haus warst." Roland zog sich am Kaminsims hoch, kam langsam auf Isabel zu und blieb vor dem Couchtisch stehen. In seinem Gesicht arbeitete es.

„Nun ja, dann hat sie halt angerufen. Und was hat sie gesagt?"

„Sie hat gesagt, ich soll dich totschlagen." Roland klopfte sich mit dem Schürhaken in die offene Hand. Isabel zuckte zusammen.

„Aber Rolli! Rolli, um Himmels Willen! Mach keinen Scheiß!"

Er klopfte sich weiter mit dem Schürhaken in die Hand. Seine Augen glühten. Im Kamin prasselte das Feuer.

„Totschlagen soll ich dich. Einfach totschlagen. So, wie man eine Ratte totschlägt.

„Aber Rolli …" Isabel umklammerte das Weinglas so fest, dass die Fingerknöchel weiß hervortraten.

„Doch, Elisa, jetzt ist es soweit."

Roland schnürte wie in Zeitlupe um den Tisch herum und ließ den Feuerhaken immer fester in seine Hand klatschen. Isabel schluckte. Ihr Adamsapfel rutschte rauf und runter.

„Rolli! Rolli, ich bin doch nicht Elisa! Die ist doch schon lange tot!"

Er grinste boshaft. „Tot? Schon lange tot?"

„Aber Rolli!" Isabel wurde kleiner und kleiner.

„Erkennst du mich denn nicht? Es gibt doch gar keine Elisa mehr!"

„Gibt keine Elisa mehr?" Rolands Mundwinkel zitterten, die Halsschlagadern schwollen fingerdick an, sein Gesicht wurde dunkelrot. Dann, ohne Vorwarnung, drosch er mit dem Stocheisen auf den Tisch ein. Die Rauchglasplatte splitterte, die Beaujolaisflasche zerplatzte, und heißes Wachs spritzte durchs Wohnzimmer. Isabel schrie auf.

„Drecksau! Widerliche Sau! Miststück!" Roland brüllte, dass die Wände wackelten, und trat mit solcher Wucht gegen die Couch, dass Isabel wie eine Stoffpuppe in den Polstern herumflog. Schaum rann ihm aus den Mundwinkeln und tropfte zu Boden.

„Drecksau!" Der nächste Tritt. Rolands Hand zuckte nach vorn, schloss sich um Isabels Hals; er hob sie wie ein Spielzeug hoch und stieß sie dann auf die Couch zurück.

„Widerliche Sau! Missgeburt!" Roland schlug mit dem Feuerhaken zu. Isabel konnte sich im letzten Moment zur Seite werfen, presste die Arme über ihren Kopf und fühlte, wie es feuchtwarm an ihren Oberschenkeln herunterlief. Den Geruch nahm sie nicht wahr.

„Rolli! Lieber Rolli …"

Roland trat nochmals gegen die Couch und spuckte Isabel ins Gesicht. Sie wagte nicht, den Speichel abzuwischen.

„Halt´s Maul, du billige kleine Hure! Du kotzt mich an!"

Rolands Gesicht war noch rot, aber seine Halsschlagadern waren nicht mehr zu sehen. Er hatte sich wieder beruhigt.

„Wenn Elisa wirklich tot ist, wer hat mich dann immer angerufen? Immer, wenn du weg warst?"

Isabel zitterte und sah ihn flehentlich an. „Rolli! Lieber Rolli …"

Er trat nochmals. Isabel flog wieder zur Seite und presste sofort die Arme über den Kopf. Roland lachte gehässig.

„Du, nicht wahr? Du billige kleine Hure! Du Drecksau! Pech für dich, dass ich dir auf die Schliche gekommen bin! Nimm die Pfoten vom Kopf!"

Noch ein Tritt.

„Du sollst die Pfoten vom Kopf nehmen!"

Isabel ließ zögernd die Arme sinken, blinzelte zu Roland empor und setzte sich auf. Sie traute dem Frieden noch nicht.

„Gib Antwort, wenn ich dich was frage!" Die Stimme klang kalt und scharf. „Du warst es doch, oder? Du hast mich immer angerufen! Ja oder nein?"

Isabel schluckte.

„Ich hör' nichts! Ja oder nein?"

„Ja."

„Lauter!" Roland hob den Schürhaken. Sein Gesicht war zur Fratze verzerrt.

„Ja!"

Roland ließ das Stocheisen sinken und schnaufte verächtlich. Seine Züge entspannten sich.

„Ich will dir jetzt eines sagen", zischte er, „und ich sage es nur dieses eine Mal: Wenn du mir ehrlich antwortest, passiert dir nichts. Solltest du aber versuchen mich anzulügen, dann Gnade dir Gott!" Er hockte sich auf die Sessellehne, ließ den Feuerhaken in seiner Hand spielen und nagelte Isabel mit eisigem Blick auf dem Sofa fest. „Ist das klar?"

Sie nickte heftig. Ihre Zähne klapperten aufeinander.

„Gut, dann fangen wir mal ganz von vorne an. Wie lange bist du schon mit Rico zusammen, heimlich und hinter meinem Rücken?"

Isabel schluckte. „Seit Ostern", flüsterte sie endlich.

„Soso. Seit Ostern. Und wann bist du auf die Idee gekommen, mir die Tabletten auszutauschen und die Halluzinationen und Depressionen wieder wachzukitzeln?"

„Im Sommer."

„Ach nein. Im Sommer schon." Roland ließ das Stocheisen in seiner Hand spielen. „Und warum das Ganze? Was wolltest du damit bezwecken?"

Isabel brachte keinen Ton heraus.

„Du wolltest mich loswerden, nicht wahr? Einfach um die Ecke bringen! Wolltest das Geschäft und das Haus für dich haben, für dich und deinen Rico. Nicht wahr?"

Isabel wollte antworten, aber es wurde nur ein Röcheln daraus.

„Nicht wahr?" Roland schnellte vom Sessel hoch und holte mit dem Feuerhaken aus. „Gib Antwort, sonst funkt´s!"

„´türlich", kam es ganz zaghaft.

„Lauter!"

„Natürlich!"

„Na also. Und dann hast du mir meine Tabletten

145

heimlich weggenommen und was andres dafür reinge-
füllt. Was war das für'n Kraut? Ich möchte es jetzt
und hier von dir hören!"

„Traubenzuckerdrops und Bierhefetabletten."

„Harmlose Traubenzuckerdrops und Bierhefetabletten! Raffiniert, das muss ich schon sagen! Du
weißt, dass die Tabletten gegen Bluthochdruck und
gegen Depressionen für mich lebenswichtig sind! Du
wusstest genau, dass du mich damit umbringen würdest!"

„Ja." Ein Luftzug ließ die Flammen im Kamin auflo-
dern.

„Ja! Ja!" Roland war außer sich. „Nicht lange, und ich
hätte 'nen Schlaganfall gekriegt! Und dann erst dieses
Theater mit Elisa! Anrufe, Bilder, Blumen, der ge-
deckte Tisch! Du wusstest, wie sich das auf meine
Depressionen auswirkt! Du wusstest es ganz genau!
Nicht lange, und ich wäre durchgedreht und von irgendeiner Brücke gesprungen! Oder vom Konradfelsen! Oder von der Loreley! Deswegen sollte ich doch
dorthin bestellt werden! Richtig?"

„Richtig."

„Da fällt mir nichts mehr ein! Da fällt mir wirklich
nichts mehr ein! Wie sollte das denn ablaufen? Wahrscheinlich hätte mir dieselbe Stimme, die immer am
Telefon war, befohlen runterzuspringen! Stimmt's?"

„Stimmt."

Isabel wusste, dass sie nichts mehr von ihm zu be-
fürchten hatte, auch wenn er immer noch mit dem
Stocheisen in seiner Hand herumspielte. Sie atmete
ruhiger, und ihr Gesicht bekam wieder Farbe.

„Raffiniert. Wirklich raffiniert." Die Flammen stoben im Kamin.

„Wie hast du am Telefon eigentlich die Stimme verstellen können, dass es sich anhörte, als riefe man vom anderen Ende der Welt an?"

Isabel riskierte ein Lächeln. „Ich hab´ ´ne Pappröhre vor den Mund gehalten!"

„Wie niedlich! Ich muss schon sagen, du denkst aber auch an alles! Was hast du eigentlich Rico von der ganzen Sache erzählt?"

„Ich hab´ ihm gesagt, ich sorge dafür, dass du wieder in die Anstalt kommst. Und dass du drinbleibst."

Isabels Augen funkelten, und auf den Wangen zuckten winzige, runde Grübchen. Anscheinend fand sie das Ganze auch noch lustig, aber Roland ließ sich in keinster Weise provozieren. Er lachte gallig und plumpste in den Ledersessel zurück.

„Tja, Isa, diese Rechnung ist wohl nicht aufgegangen! Du bist es, die jetzt wo hinkommt und drinbleibt, und zwar für recht lange!"

„Glaub´ ich nicht!" Isabel hob die Honigkerze vom Boden auf und stellte sie auf die Tischplatte, genau auf den Riss. Roland verschlug es die Sprache.

„Schau mal, Rolli, für das alles hast du keine Beweise. Überhaupt keine. Und auf die Aussage eines Geisteskranken, nimm´s mir nicht übel, wird niemand was geben." Sie warf den Kopf in den Nacken, strich die Haare nach hinten und grinste schadenfroh.

„Mein lieber Rolli, ich hab´ lang´ genug versucht, mit dir zu reden, aber du hast ja nichts kapiert. Mit einer Scheidung wärst du doch niemals einverstanden gewesen. Nun, da muss es halt anders gehen. Dein Pech, Rolli, aber jetzt ist es zu spät."

Roland verstand überhaupt nichts mehr.

„Mein Pech? Was ist mein Pech?"

Die Spieluhr auf dem Kaminsims schlug, und die Figürchen tanzten. Ein Windstoß wirbelte die Flammen im Kamin auf.

„Rolli, du bist ein Geistesgestörter! Ein Psychopath! Und du warst schon mal in der Anstalt! Hast du das etwa vergessen? Du hattest gerade einen Tobsuchtsanfall, hast alles kaputtgekloppt und wolltest mich totschlagen! Ich laufe jetzt nach nebenan zu Spechts und sag´ ihnen, sie sollen die Polizei rufen. Du weißt, was dann passiert!"

Es hätte Roland nicht gewundert, wenn Isabel ihm noch eine lange Nase geschnitten hätte. Er war allerdings nicht aus der Ruhe zu bringen.

„Also, das gerade war natürlich kein Tobsuchtsanfall, das ist dir hoffentlich klar. Aber ohne diese Show hättest du dein Geständnis nicht so laut und vernehmlich rausposaunt!" Roland legte den Feuerhaken auf die Tischplatte, schnellte vom Sessel hoch und stakste zur Terrassentür.

„Bitte schön, kommen sie rein! Haben Sie alles mitbekommen?"

Roland zog die Gardine zur Seite, und Isabel sah, dass die Tür spaltbreit geöffnet war. Auf der Terrasse stand ein unscheinbar wirkender Mann mit einer Stirnglatze, grauen Haaren und einem zerfurchten Gesicht und kaute Kaugummi.

„Ja, es war schließlich laut genug. Ich konnte Sie gut

verstehen. Alle beide." Er trat ein, lächelte höflich und deutete eine Verbeugung an.

„Burgas. Guten Abend, gnädige Frau!"

„ … äh … äh …"

Burgas knöpfte seinen Mantel auf und setzte sich in den Sessel Isabel gegenüber.

„Ich muss schon sagen, Frau Borbonus, sowas wie Sie ist mir noch nicht untergekommen, und ich bin schon fast dreißig Jahre in diesem Beruf." Er fingerte eine Schachtel Zigaretten und ein Plastikfeuerzeug aus der Tasche, zündete sich eine an und schaute zu Roland hinüber.

„Sie können jetzt anrufen, Herr Borbonus. Lassen sie sich den Bereitschaftsbeamten der Kripo geben."

Roland nickte und verschwand im Flur. Isabel wurde aschfahl.

„Sind Sie von der Polizei?" hauchte sie nach einer Weile.

„Wer? Ich?" Burgas zog an seinem Glimmstängel.

„Gott bewahre! Das ist meine Konkurrenz, wenn Sie so wollen. Nein, nein, mit der Polizei habe ich nichts zu tun. Ich bin Detektiv."

Roland brummte im Flur irgendwas ins Telefon. Was, war nicht zu verstehen. Isabel biss sich auf die Lippen.

„Detektiv also. Na ja. Dann haben Sie das also alles rausgefunden?"

Burgas lehnte sich zurück, schlug die Beine bequem übereinander und musterte sie von Kopf bis Fuß. Isabel hatte das Gefühl, als ziehe er sie mit seinem kalten Blick aus.

„Nicht ganz, gnädige Frau, nicht ganz. Ich veranlasste die Laboruntersuchungen. Ihre Fingerabdrücke auf den Fotos. Ihr Speichel an den Briefmarken und auf dem Kuvert. Und natürlich Ihre Stimme! Ihr Mann nahm die Anrufe der vermeintlichen Elisa auf Band auf und auch einige Telefonate mit Ihnen, als Sie ihn von der Schmuckmesse anriefen. Ich ließ die Bänder in einem Fachlabor überprüfen. Gleiche Stimmlage, gleiche Tonfrequenz und so weiter – es besteht nicht der geringste Zweifel, dass es sich bei den Anruferinnen um ein und dieselbe Person handelt." Burgas beugte sich vor und klopfte die Zigarettenasche in eine der Glasscherben auf dem Tisch. Isabel wurde rot.

„Meine Mitarbeiterin fand übrigens heraus, dass Sie und dieser Tennisfritze, dieser Rico, zusammen auf der Schmuckmesse waren und ein Doppelzimmer im Hotel hatten. Sie hat einige schöne Fotos von Ihnen beiden geschossen." Er nahm einen tiefen Zug. „Die Tabletten von Ihrem Mann habe ich ebenfalls untersuchen lassen. Traubenzucker und Bierhefetabletten, ganz wie Sie sagten. Und auf einigen waren sogar Ihre Fingerabdrücke."

Isabel zuckte traurig mit den Schultern. „So sind Sie also dahintergekommen! Pech!"

„Sie sagen es, gnädige Frau, Sie sagen es. Allerdings –", er zog wieder an der Zigarette, „dahintergekommen, dahintergekommen ist jemand ganz anderes. Und der wusste sofort, was gespielt wird und dass nur Sie dahinterstecken konnten und sonst niemand."

Burgas blies den Qualm von sich und gähnte. Isabel verstand überhaupt nichts mehr.

„Wenn nicht Sie, wer dann?"

„Na, wer wohl? Überlegen Sie mal!"

„Keine Ahnung."

Roland kam aus der Diele zurück, lehnte sich gegen den Türrahmen und starrte gedankenverloren auf den zertrümmerten Wohnzimmertisch. „Sie sind unterwegs", murmelte er mehr zu sich selbst als zu Burgas. Der sezierte Isabel wieder mit seinem kalten Blick.

„Der Arzt Ihres Mannes, Frau Borbonus. Doktor Spister. Als Ihr Mann merkte, dass was nicht stimmt, wandte er sich sofort wieder an seinen Psychiater. Und der sah gleich, dass die Medikamente nicht mehr wirkten, und hat ihm was anderes verschrieben. Ihr Mann hat das heimlich genommen, weil er Ihnen verschweigen wollte, dass er wieder bei Doktor Spister in Behandlung war. Er wollte Sie nicht beunruhigen."

Burgas drückte den Zigarettenstummel in der Flaschenscherbe aus.

„Und dann ging das mit diesen Halluzinationen aber nicht etwa zurück, sondern es wurde immer schlimmer. Trotz der neuen Tabletten. Elisa war wieder da, und Doktor Spister gab sich alle Mühe, zu ihr vorzudringen und sie zu fassen. Er ließ nichts unversucht. Entspannungsübungen, Biofeedback, Elektrotherapie, Medikamente, Hypnose und was weiß ich noch alles. Aber das nutzte alles nichts. Es hat einfach nicht gewirkt. Doktor Spister konnte im Unterbewusstsein Ihres Mannes rumstochern, wie er wollte, er konnte Elisa einfach nicht erreichen." Burgas drehte den Kopf zu Roland und lächelte. Dann wurde seine

Stimme wieder kalt und schneidend. „Es gibt nämlich keine Elisa mehr. Schon lange nicht mehr. Sie ist tot, und Ihr Mann hat sich von ihr gelöst. Es gab sie nur noch in Ihren teuflischen Plänen. Aber das dürfte nun auch vorbei sein."

Draußen fuhr ein Auto vor. Eine Wagentür wurde zugeschlagen. Auf dem Plattenweg waren schwere Schritte zu hören. Dann klingelte es an der Haustür. Roland Borbonus verschwand im Flur und öffnete.

„Guten Abend", sagte eine raue Stimme. „Ich bin Kriminalhauptmeister Schirra, und das ist mein Kollege Obermeister Schmidt. Hatten Sie uns eben angerufen?"

Der Amtsrat und der kleine Mann

Oberamtsrat Hans Dieter Kretz war ein Mann von ehernen Grundsätzen: durchdrungen von Pflichterfüllung, Verantwortungsbewusstsein und Disziplin, bewegten sich sein ganzes Denken und Handeln nur in den engen, streng reglementierten Bahnen des Verwaltungsrechts und selbstverständlich übertrug er diese hehre Dienstauffassung auch auf seine Untergebenen. Einen fähigeren Leiter ihres Ordnungsamtes hätte unsere Kreisstadt kaum finden können und Hans Dieter Kretz gab sich alle Mühe, diesen in ihn gesetzten Erwartungen gerecht zu werden. Als ihm unterstellter Sachbearbeiter im mittleren Dienst erlebte ich das jeden Tag aufs Neue.

„Naumann, Sie gehen nachher mal in der Obertorstraße vorbei und überprüfen die Pizzeria von diesem Lazarini", wies er mich eines Tages an. „Habe einen Hinweis bekommen, dass es mit den sanitären Anlagen nicht weit her ist, und dem muss nachgegangen werden. Erwarte eine eingehende und gründliche Überprüfung und einen ausführlichen Bericht."

„Geht in Ordnung, Chef."

„Sehen Sie sich auch das Personal an", fuhr mein Allgewaltiger fort. „Vor allem die Gesundheitszeugnisse und die Sozialversicherungsnachweise. Und auf dem Rückweg stellen Sie die Unterlassungsverfügung an diesen Müller zu, der die Pommesbude vor der Berufsschule hat. Können ihm sagen, wenn er nochmal Alkohol an Minderjährige ausschenkt, kriegt er das Ding zugemacht!"

„Wird erledigt, Chef."

Ich suchte meine Unterlagen zusammen und machte mich gleich nach der Mittagspause auf den Weg in Guiseppe Lazarinis Pizzeria in der Obertorstraße. Die Essenszeit war vorüber, im Lokal herrschte kaum noch Betrieb, ein Kellner räumte die Tische ab und der Wirt stand hinter dem Tresen und spülte Gläser.

„Guten Tag, Herr Lazarini", grüßte ich und zeigte meinen Dienstausweis. „Ich bin vom Ordnungsamt und müsste Ihren Betrieb kontrollieren! Haben Sie ´nen Moment Zeit?"

„Si, Herr Inspectore!" Der kleine Mann lächelte zuvorkommend. „Darf ich Ihnen etwas anbieten? Vielleicht eine Saft?"

„Danke schön, Herr Lazarini, aber ich bin im Dienst. Kommen Sie, desto schneller sind wir fertig!"

„Si, Herr Inspectore. Sofort."

Der kleine Mann zeigte mir jeden Winkel und ich registrierte überaus gewissenhaft alle Einzelheiten. Die Toiletten waren sauber und gut belüftet. Ganz offensichtlich war der Hinweis, den der Chef bekommen hatte, falsch gewesen.

„Dann hätte ich jetzt gerne Ihren Pizzaofen gesehen!"

„Si, Herr Inspectore. Bitte hier entlang!"

Lazarini führte mich hinter die verklinkerte Barriere gleich neben der Küchentür. Ein schwarzhaariger Bursche in einer nicht mehr ganz weißen Schürze räumte eben die Schüsseln zusammen. Ich entdeckte sofort den Aschenbecher und die Zigarettenschachtel auf der Tablettablage – in lebensmittelverarbeitenden Betrieben eine Todsünde!

„Herr Inspectore, ich bitte Sie!" Guiseppe Lazarini lächelte gewinnend. „Das ist Angelo, meine Bruder! Er helft erst seit eine paar Tage hier aus und hat nicht besser gewusst!" Er ließ einen Wortschwall auf italienisch auf seinen Bruder niedergehen. Der Pizzabäcker riss die Zigarettenschachtel von der Arbeitsplatte und biss sich auf die Lippen.

„Ach, Sie arbeiten erst seit kurzem hier?" forschte ich nach. „Interessant! wie lange denn schon?"

„Angelo erst seit drei Wochen hier, Herr Inspectore! Er und Antonio, meine Schwager! Weil Brusco, mein richtiger Koch, hat eine Unfall gehabt mit die Auto! Zusammen mit Pietra, wo in Küche arbeitet. Ich froh gewesen, dass meine Bruder und Schwager sofort eingesprungen, sonst nicht gewusst, wie es schaffen soll! – Bitte schön, hier geht in Küche!"

Der hohe, helle Raum war weiß gekachelt und verfügte über die vorgeschriebene zweite Tür. Auf der Arbeitsplatte vor der Spülmaschine stapelte sich das Schmutzgeschirr. Eine kleine, dicke Frau kratzte die Essensreste in einen Plastikeimer und sortierte die Teller in den Abtropfständer. Ein hochaufgeschossener Junge mit pickligem Gesicht und pechschwarzen Haaren, wahrscheinlich Lazarinis Schwager Antonio, stand am Herd und schepperte mit Töpfen und Pfannen herum. Die Anrichteecke für Salate war bereits abgeräumt. Guiseppe Lazarini sah mich erwartungsvoll an.

155

„Herr Inspectore, sind Sie zufrieden?"

„Bis auf den Aschenbecher am Pizzaofen ja. Aber da will ich drüber hinwegsehen, wir sind ja nicht so. Jetzt zeigen Sie mir bitte noch die Gesundheitszeugnisse und die Sozialversicherungsausweise von Ihrem Personal!"

„Si, Herr Inspectore!"

Der kleine Mann verschwand durch die Hintertür und kam gleich darauf mit einem blauen Schnellhefter zurück. "Hier, Herr Inspectore, bitte schön! Sozialversicherungsausweise ... Lohnsteuerkarten ... und hier sind Gesundheitszeugnisse!"

Ich befeuchtete den Zeigefinger und blätterte in den Unterlagen.

„Schön ... schön ... schön. Ach, die Dame da drüben ist Ihre Frau?"

Der kleine Mann nickte heftig. Ich blätterte weiter.

„Schön ... schön. Gut, Herr Lazarini, scheint ja alles in Ordnung zu sein. Das einzige, was ich noch vermisse, sind die Ausweise und die Gesundheitszeugnisse Ihres Bruders und Ihres Schwagers. Könnte ich die ebenfalls sehen?"

„Von Angelo und Antonio? Aber Herr Inspectore! Sind doch gar nicht hier beschäftigt, helfen bloß bis Brusco und Pietra wieder zurück aus die Krankenhaus! Nur für kurze Zeit!" Der Wirt sah mich treuherzig an.

„Das spielt keine Rolle, Herr Lazarini. Ohne Gesundheitszeugnis und Sozialversicherungsausweis darf niemand hier arbeiten. Auch nicht vorübergehend."

156

„Aber Herr Inspectore! Ich bitte Sie!" Der kleine Mann lächelte dünn und vorsichtig.

„Bedaure, Herr Lazarini, aber so sind nun mal die Vorschriften! Die beiden dürfen nicht länger hier arbeiten! Rufen Sie sie mal her!"

Ich klappte den Schnellhefter wieder zu und legte ihn zur Seite. Lazarini winkte seinen Bruder und seinen Schwager herbei. Von beiden ließ ich mir einen Lichtbildausweis zeigen und notierte die Personalien. Antonio Bartucco, Lazarinis Schwager, war erst siebzehn Jahre alt.

„Welche Arbeitszeit haben Sie hier?", fragte ich scheinbar beiläufig.

„Von halb zwölf bis Feierabend nachts um eins oder halb zwei er helft mir jeden Tag. Außer Mittwoch, wenn ist Ruhetag!"

„Ah ja."

Ich erklärte den beiden, dass sie sofort die Arbeit niederlegen und das Lokal verlassen müssten und nicht eher wieder hier tätig sein dürften, bis sie ihre Gesundheitszeugnisse und Sozialversicherungsausweise hätten. Der Bruder und der Schwager sahen den Wirt zweifelnd an und fragten etwas auf italienisch, aber Lazarini antwortete nicht und nickte nur. Sein Lächeln und seine ursprüngliche Freundlichkeit waren verflogen, waren schlagartig verflogen ...

Müller, den Inhaber des Schnellimbisses vor der Berufsschule, traf ich nicht an und war deshalb beizeiten zurück im Amt. Noch vor Dienstschluss tippte ich den Bericht über die Kontrolle bei Lazarini und brachte ihn am nächsten Morgen mit einigen anderen

Vorgängen zum Chef.

„Dacht´ ich´s mir" sagte er nur. „Ich werde das Erforderliche veranlassen. – Naumann, Sie machen nachher einen Kontrollgang durch die Innenstadt. Nehmen Sie sich einen Hilfspolizisten mit und wenn wieder welche von diesen Stadtstreichern in der Tiefgarage rumlungern, weisen Sie sie hinaus. Der Bürgermeister hat sich schon zum zweitenmal beschwert, weil dieses Pack immer vor seinem Dienstwagen rumlungert."

„Ist gut, Chef. Wird erledigt."

Damit war mein Rapport schon beendet. Den Rest des Vormittags schlug ich mich mit gebührenpflichtigen Verwarnungen und Räumungsverkaufsanträgen herum und brachte anschließend den mir aufgetragenen Rundgang hinter mich. Als ich nach der Mittagspause über einem Genehmigungsverfahren für ein Rockkonzert saß, kam die Chefsekretärin Sabine Jungjohann in mein Büro und legte mir einen Stapel Briefe auf den Schreibtisch.

„Hier. Die Zustellungen für heute. Die an den Lazarini, bei dem du gestern kontrolliert hast, sollst du nicht mit der Post schicken, sondern selbst vorbeibringen."

„Ist recht."

Ich sah die Sendungen durch und griff mir die beiden an Guiseppe Lazarini adressierten Briefumschläge heraus. An dem oberen hing ein unscheinbarer Notizzettel. Die enge, steile Handschrift des Oberamtsrates sprang mir sofort ins Auge:

„Inhalt der Vfg. zur Kenntnis nehmen. Einstwei-

lige Gewerbeuntersagung. Persönlich u. mit Ang. der Uhrzeit zustellen. Sofortige Vollziehung. Kr., OAR."

Im unteren Umschlag fand ich eine Anhörung des Betroffenen zur Ordnungswidrigkeitenanzeige. Gegen Lazarini sollte ein Bußgeld festgesetzt werden wegen eines Verstoßes gegen das Jugendarbeitsschutzgesetz und wegen der Beschäftigung von Arbeitnehmern, die nicht im Besitz eines Sozialversicherungsausweises und des in der Gastronomie vorgeschriebenen Gesundheitszeugnisses waren. Der andere Umschlag enthielt die deswegen verfügte Gewerbeuntersagung. Der Chef hatte die sofortige Vollziehung angeordnet; die Pizzeria musste also auf der Stelle geschlossen werden und auch die Einlegung eines Widerspruches hiergegen hatte keine aufschiebende Wirkung. Ein ganz schönes Pfund, das unser hoher Herr dem kleinen Herrn Lazarini da verpasste! Als ob ein Bußgeldverfahren nicht ausgereicht hätte! Aber darüber hatte nicht ich zu entscheiden; ich hatte nur den Bescheid zuzustellen. Ich betrat die Pizzeria auf dem Rückweg von der Post, kurz vor Dienstschluss. Guiseppe Lazarini stand mit einem weißen Tuch über dem Arm hinter dem Tresen und strahlte mich an.

„Oh, Herr Inspectore! Guten Tag!" Er ließ die Kasse aufschnappen und angelte zwei maschinenbeschriebene, abgestempelte Blätter heraus. „Hier, sehen Sie! Gesundheitszeugnisse für Angelo und Antonio! Wir waren heute Morgen auf Gesundheitsamt und haben bekommen!"

Ich warf einen kurzen Blick darauf und legte sie vor ihn auf den Zahlteller.

„Herr Lazarini, ich habe Ihnen hier etwas zu übergeben!"

Der kleine Mann nahm die beiden Umschläge, faltete die Blätter auseinander und runzelte die Stirn.

„Was das, Herr Inspectore?"

„Gegen Sie ist ein Ordnungswidrigkeitsverfahren eingeleitet worden. Das oberste Blatt ist die Anhörung. Die müssten Sie uns innerhalb von sieben Tagen zurücksenden, sonst wird ein Bußgeld verhängt!"

„Eine Bußgeld? Aber warum? Ich habe doch die Zeugnisse! Hier Sie sehen!"

„Die haben Sie jetzt, Herr Lazarini. Aber gestern, als ich die Kontrolle gemacht habe, hatten Sie sie noch nicht."

Der kleine Mann zog die Augenbrauen zusammen und sah mich mit funkelnden Augen an.

„Und das so schlimm ist?"

„Ja, Herr Lazarini, das ist so schlimm."

„Nun gut", seufzte er. „Und diese andere Blatt, was damit?"

Das, Herr Lazarini, ist eine einstweilige Gewerbeuntersagung, sofort zu vollziehen. Deswegen bin ich eigentlich zu Ihnen gekommen ...."

Der kleine Mann runzelte die Stirn. Ich holte tief Luft.

„Herr Lazarini, das heißt, dass Sie Ihr Lokal sofort schließen müssen und dass es bis auf Weiteres zu bleiben muss! Sie dürfen niemanden mehr reinlassen ...“

Guiseppe Lazarini zuckte zusammen, als habe er eine Ohrfeige erhalten. Aber dann ging er in die Höhe.

„Wie bitte? Zumachen? Meine Pizzeria? Aber Herr Inspectore! Herr Inspectore! Das eine schlechte Witz!“

„Nein, Herr Lazarini, das ist kein Witz. Sie haben ganz massiv gegen behördliche Auflagen verstoßen und deshalb ist Ihnen die Weiterführung des Gewerbes bis auf weiteres untersagt worden.“

„No no no! Das hier meine Lokal! Niemand sonst hat zu bestimmen!“ Seine Augen sprühten Funken.

„Herr Lazarini“, suchte ich ihn zu besänftigen, „machen Sie doch bitte keine Schwierigkeiten! Wenn Sie sich nicht an diese Verfügung halten, muss ich mit der Polizei wiederkommen und dann kriegen Sie erst richtigen Ärger! Lesen Sie die Zwangsmittelandrohung! Jeder Fall der Zuwiderhandlung kann Sie zweitausend Euro kosten!“

Der kleine Mann zauderte.

„Aber ... aber wie soll das gehen? Und wer mir ersetzt die Ausfall? Und Miete für Lokal muss bezahlen und Lohn für meine Leute! Und für heute Abend erwarte Gäste!“

Ich zuckte mit den Schultern. „Das spielt keine Rolle, Herr Lazarini. Ihr Lokal muss zu bleiben, ob Sie wollen oder nicht!“

„Muss zu bleiben!“ fauchte der kleine Mann. „Muss zu bleiben! Und wie lange?“

Wieder zuckte ich mit den Schultern. „Wahrscheinlich, bis Sie die Mängel abgestellt haben und –“

161

„Aber ist doch abgestellt! Gesundheitszeugnisse sind doch da! Hier Sie sehen! Warum soll meine Lokal jetzt zu bleiben?"

Auf solche schwierigen Fragen gibt es nur eine immer richtige Antwort: „Der Chef hat es so verfügt!" Aber in diesem Fall überzeugte sie nicht.

„Chef hat verfügt! Chef hat verfügt! No no no! Ich werde sprechen mit Chef, sofort! Ich, Guiseppe Lazarini! Wo kann ihm finden?"

„Im Rathaus. Heute werden Sie ihn nicht mehr erreichen, aber morgen früh ist er ab acht im Amt." Ich redete so sanft auf Lazarini ein, wie man auf ein störrisches Kind einreden muss. „Vielleicht ist es wirklich das Beste, wenn Sie ihm das Ganze mal aus Ihrer Sicht schildern. Und wenn Sie sowieso ins Amt kommen, könnten Sie sich gleich zu dem Anhörungsbogen einlassen, dann ist das mit dem Bußgeldverfahren auch vom Tisch."

Wieder zauderte der kleine Mann. Er schien sich bereits etwas abgeregt zu haben.

„Allerdings, Herr Lazarini: Solange die Gewerbeuntersagung nicht zurückgenommen worden ist, muss Ihre Pizzeria geschlossen bleiben! Halten Sie sich bitte daran! Und jetzt schließen Sie hinter mir die Tür ab und hängen Sie ein Schild raus, dass Ihr Lokal zu ist. Guten Tag."

Lazarinis flammender Blick ließ mich erschaudern. Zu meinem Erstaunen fühlte ich, dass meine Knie zitterten und als ich die Eingangstreppe hinunterstieg, war ich schweißgebadet. Mit diesem kleinen Mann würden wir mit Sicherheit noch Ärger bekommen. Der gab nicht klein bei, der nicht ...

Als ich am nächsten Morgen von einem Kontrollgang durch die Innenstadt zurückkam, der städtische Hilfspolizist Kratzmann und ich hatten einige Stadtstreicher aus der Fußgängerzone verscheucht, hörte ich schon im Treppenhaus das empörte Geplärre Lazarinis. Sabine Jungjohann saß weiß wie die Wand hinter ihrer Schreibmaschine und nahm seine Einlassung zu der Ordnungswidrigkeitenanzeige auf.

„Es ist also richtig, Herr Lazarini, dass Sie zwei Leute in Ihrer Gaststätte beschäftigt hatten, die über kein Gesundheitszeugnis und keinen Sozialversicherungsausweis verfügten?"

„Si, Signorina! Waren meine Bruder und meine Schwager!" Es folgte eine wort- und gestenreiche Aufklärung über die Familie Lazarini, die verwandschaftlichen Beziehungen zum Hause Bartucco, dass Guiseppe Lazarini schon seit vielen Jahren in Deutschland lebe und dass sein jüngster Sohn Marco im vorigen Jahr eingeschult worden wäre.

„Angelo und Antonio nicht richtig bei mir beschäftigt! Haben nur geholfen, weil Brusco und Piet-ra in Krankenhaus! Von daher ich nicht muss eine Bußgeld bezahlen!"

Die trotzige Verzweiflung hinter Lazarinis Temperamentsausbruch war nicht zu überhören. Sabine Jungjohann tippte gewissenhaft mit.

„Ist der Chef drin?", unterbrach ich kurz.

Lazarinis Augen blitzten gefährlich. Sabine nickte und spannte ein neues Blatt in die Maschine. Ich durchquerte das Vorzimmer, klopfte an die Tür un-

seres Amtsleiters, wartete auf das barsche „Herein!"
und betrat sein Büro. Hans Dieter Kretz saß hinter
dem imposanten Schreibtisch, hatte einen Berg Akten neben sich liegen und war in einen Schnellhefter
vertieft.

„Was gibt's?", fragte er, ohne seine Lektüre zu unterbrechen. „Und was ist das draußen für ein Theater?"

„Chef, ich müsste mit Ihnen mal über die Straßenab-
sperrungen wegen des Radrennens reden. So, wie
wir uns das gedacht haben, geht es nicht. Das draußen, das ist der Wirt von der Pizzeria, die wir gestern dichtgemacht haben. Dieser Lazarini. Er heult
der Jungjohann die Ohren voll."

„Ach der." Oberamtsrat Kretz zog einen Bogen Papier zu sich heran und fertigte eine Aktennotiz.

„Übrigens, Naumann, dieses Stadtstreicherun-
wesen gibt Grund zur Sorge. Gestern Nachmittag,
als ich zu meinem Wagen ging –"
Es pochte zaghaft. Der Oberamtsrat sah die Tür böse
an.

„Herein!"

„Chef?" Sabine steckte den Kopf durch den Tür-
spalt. "Chef, der Herr Lazarini sitzt draußen ..."

„Na und?"

„Er hat gerade seine Stellungnahme zu der Ordnungswidrigkeitenanzeige zu Protokoll gegeben. Er
hat auch die fehlenden Gesundheitszeugnisse beige-
bracht ..."

„Schön. Und?"

„Er möchte die Gewerbeuntersagung aufgehoben

haben, weil –"

„Spinnt wohl!" Kretz sah unvermittelt von seinem Aktendeckel auf. „Beschäftigt Schwarzarbeiter, hat Leute ohne Gesundheitszeugnis in der Küche und Jugendliche, die zwölf, dreizehn Stunden am Tag arbeiten! Das reicht, um ihm dreimal den Laden zu-zumachen ..."

„Chef, ich glaube, da liegt ein Missverständnis vor! Den Mann trifft höchstens ein geringes Verschulden ..."

„Darüber entscheide ich!" Kretz beugte sich wieder über seine Unterlagen. „Geben Sie mir die Sache morgen rein und dann sehen wir weiter! Sonst noch was?"

Sabine schüttelte verschüchtert mit dem Kopf und schloss die Tür. Der Oberamtsrat klappte den Akten-ordner zu, legte ihn nach links und holte sich von rechts den nächsten Vorgang.

„Sie können auch gehen, Naumann. Über die Stra-ßenabsperrungen reden wir morgen. Muss mir das Ganze erst nochmal ansehen."

„Ist gut, Chef."

Ich schlüpfte hinaus und ging wieder an meine ge-bührenpflichtigen Verwarnungen. Sabine Jungjohann saß blass und still hinter ihrer Schreibmaschine. Von dem kleinen Herrn Lazarini war nichts mehr zu se-hen.

Den Bußgeldbescheid an ihn – Kretz hatte satte tau-send Euro verhängt – musste ich am übernächsten Nachmittag zur Post bringen, tags darauf erfolgte die Zustellung durch den Briefträger und als ich gegen

Feierabend die Abrechnung der Parkuhren fertig hatte und dem Chef vorlegen wollte, saß Guiseppe Lazarini vor Sabines Schreibtisch und diktierte ihr seinen Widerspruch. Der kleine Mann sah blass und übernächtigt aus, sein Anzug war staubig und zerknittert, der Hemdkragen offen; er hatte sich nicht rasiert und roch nach Zigaretten, doch die dunklen Augen glühten gefährlich. Es lief mir eiskalt den Rücken hinunter. Ich brachte Kretz die Abrechnung und wollte eben mit ihm die Anfrage eines Konzertveranstalters besprechen, im Stadtgebiet mit Plakaten für ein Rockfestival zu werben, als es wieder an die Tür klopfte.

„Ja!", donnerte der Oberamtsrat und knallte den Kugelschreiber auf die Schreibunterlage. Sabine Jungjohann trat ein, schluckte und zog die Tür hinter sich zu.

„Hat man denn niemals seine Ruhe? Was gibt's denn?"

„Chef, der Herr Lazarini ist draußen. Er hat gegen den Bußgeldbescheid Widerspruch eingelegt und möchte mit Ihnen sprechen. Es geht darum, wann er sein Geschäft wieder öffnen darf. Die Sache ist ihm sehr dringend und nach dem, was er zu Protokoll gegeben hat, besteht für eine Schließung des Lokals doch überhaupt keine Handhabe ..."

„Darüber entscheide ich!", bellte Kretz. „Habe ich Ihnen schonmal gesagt!"

„Selbstverständlich, Chef." Sabine schlug die Augen nieder. „Aber dieser Mann ... Er lässt sich einfach nicht abweisen, er will unbedingt mit Ihnen sprechen! Reden Sie doch mal mit ihm! Bitte! Auf Sie wird er doch hören ..."

„Hm ...", brummte Kretz. „Na gut, soll reinkommen!"

Sabine atmete auf. „Ich habe Ihnen hier seine Einlassung mitgebracht, wenn Sie mal lesen wollen ..." Sie legte zwei maschinenbeschriebene Bögen vor Kretz auf den Schreibtisch und tippelte zurück zur Tür.

„Herr Lazarini, bitte sehr."

Sie hielt die Tür auf und ließ den kleinen Mann eintreten. Ich fand, dass er noch elender und verzweifelter als vorhin aussah, beinahe ärmlich, und irgendwie tat er mir leid.

„Bitte", sagte Kretz, deutete auf den Besuchersessel und vertiefte sich wieder in die Niederschrift. Lazarini blieb unschlüssig vor dem Schreibtisch stehen.

„Nun? Was kann ich für Sie tun?" Kretz ließ die Blätter sinken. Lazarini sah sich hilfesuchend im Chefzimmer um. Doch dann nahm er all seinen Mut zusammen.

„Sie haben meine Lokal zugemacht! Und mir eine – äh, wie sagt man? Bescheid? – geschickt, ich soll Bußgeld bezahlen! Tausend Euro! Warum?"

Der Oberamtsrat lehnte sich in seinen Ledersessel zurück und zupfte die Krawatte gerade. „Die Begründung finden Sie in Ihrem Bußgeldbescheid, Herr Lazarini. Sie haben Leute beschäftigt, die nicht im Besitz eines Gesundheitszeugnisses sind und auch keinen Sozialversicherungsausweis haben. Außerdem wurde bei Ihnen ganz massiv gegen das Jugendarbeitsschutzgesetz verstoßen ..."

„No no no! Nicht das! Ich nicht habe beschäftigt! Sind meine Bruder und meine Schwager!"

„Das spielt überhaupt keine Rolle, Herr Lazarini, ob es Verwandte von Ihnen sind oder ob nicht. Die Vorschriften gelten für jeden. Auch für mithelfende Familienangehörige."

„Aber haben mir doch nur geholfen! Was sollte ich tun? Meine Koch und die Küchenhilfe ausgefallen und ich dringend Ersatz musste haben!"

„Dagegen ist auch nichts einzuwenden, Herr Lazarini. Nur hätten Ihre Leute ein Gesundheitszeugnis und einen Sozialversicherungsausweis haben müssen. Und genau das war nicht der Fall."

Der kleine Mann raufte sich die Haare.

„Und deswegen ich soll eine Bußgeld bezahlen? Tausend Euro? No no no! Ich nicht mache! Ich muss schwer arbeiten für meine Geld und kann nicht einfach bezahlen für etwas, was nicht richtig! No no! Nix mit mir!"

Der Oberamtsrat zuckte gleichmütig mit den Schultern. „Nun, Herr Lazarini, dann wird wohl das Gericht über die Sache entscheiden müssen!"

„Wenn Gericht sagt, ich muss Strafe bezahlen, ich werde bezahlen! Aber nur dann und sonst nicht!"

„Wie Sie wollen, Herr Lazarini, ganz wie Sie wollen! Sie sollten nur bedenken, dass das Gericht auch eine noch höhere Strafe verhängen kann ..."

„Werden wir sehen! Aber jetzt das andere! Hier sind Zeugnis und Ausweis von Angelo und Antonio ..." Er griff in die Jacke und brachte einen verknitterten Umschlag zum Vorschein.

„Schön, dass Sie die endlich haben", spöttelte der Chef.

„Ja! Und jetzt bitte Sie nehmen zurück diese Erlass, dass mein Geschäft zu muss bleiben! Wie soll ich sonst bezahlen Lohn für meine Leute und Pacht für die Lokal? Und Steuern?"

Kretz sah den kleinen Mann teilnahmslos an und zuckte erneut mit den Schultern.

„Was soll das heißen, wenn Sie machen so? Nehmen Sie zurück diese Erlass! Meine Familie und meine Leute! Wovon sollen leben, wenn ich kein Geld verdienen kann?"

Kretz beugte sich nach vorne und griff wieder nach dem Kugelschreiber. „Tut mir leid, Herr Lazarini. Beim derzeitigen Stand der Dinge sehe ich keine Veranlassung, die Gewerbeuntersagung zurückzunehmen. Darüber kann ohnehin erst entschieden werden, wenn das Bußgeldverfahren abgeschlossen ist." Er stöpselte den Kugelschreiber ein und betrachtete gelangweilt die Spitze.

„Soll das bedeuten, solange ich nicht tausend Euro bezahle, meine Geschäft muss zu bleiben? Das Sie können nicht machen! Das Erpressung! Erpressung! Ich nicht bezahle Strafe, die ich nicht muss!"

Kretz nahm einen Bogen Papier und begann damit, die obligatorische Aktennotiz zu diesem Gespräch niederzuschreiben.

„Herr Lazarini, damit wäre wohl alles gesagt. Tut mir leid. Und jetzt bitte ich Sie, mich zu entschuldigen." Er strich den Bogen gerade, legte ihn zusammen mit Lazarinis Einlassung nach links und breitete die Parkgebührenabrechnung vor sich aus. Guiseppe Lazarini atmete schwer.

„Und ... und wenn ich die tausend Euro bezahle?"

„Nun, dann wäre das Bußgeldverfahren abgeschlossen", kam es selbstgefällig zurück, „und dann kann sofort darüber entschieden werden, ob die Gewerbeuntersagung aufrechterhalten wird oder ob nicht." Kretz notierte einige Zahlen auf den Rand des Abrechnungsbogens. „Und jetzt entschuldigen Sie mich bitte. Ich habe zu tun. Sie finden wohl alleine raus."

Der kleine Mann kochte vor Wut. Sein Gesicht arbeitete. Das war kein südländisches, feuriges Temperament mehr, das sich Bahn brechen wollte und nicht konnte; das waren flammender Hass und ohnmächtiger Zorn. Lazarini stand kurz vor dem Explodieren. Ich wagte nicht mehr zu atmen, bis die Tür hinter ihm ins Schloss knallte. Der Chef schüttelte den Kopf.

„Hitzkopf! Dachte schon, den kriegen wir nie los! – Was sagten Sie, Naumann, wie viele Plakattafeln dieser Konzertveranstalter aufgestellt haben will? Fünfundsiebzig? Das ist zuviel. Sechzig und kein Stück mehr! Vereinbaren Sie die Standorte mit ihm und dass mir zwei Tage nach der Vorstellung alle wieder beseitigt sind. Verstanden?"

„Ja, Chef", presste ich hervor, ging zurück in mein Büro und schloss die Tür. Ich hatte die Hosen gestrichen voll. Der grimmige, drohende Blick des kleinen Mannes war mir böse in die Glieder gefahren. Sehr böse sogar ...

Er zahlte das Bußgeld am nächsten Morgen bar bei der Stadtkasse ein. Spätnachmittags, kurz vor Feierabend, ging die Quittung über meinen Schreibtisch und tags darauf, als ich gerade von einem Kontrollgang durch die Innenstadt zurückkam, stand der kleine Mann wieder in Kretz' Vorzimmer. Er war frisch rasiert, trug ein blütenweißes Hemd und eine sorgfältig gebügelte Hose und schien recht guter Dinge zu sein.

„Guten Tag, Signorina", grüßte er zuversichtlich. „Ist Chef da?"

„Nein, Herr Lazarini, tut mir leid. Herr Kretz hat eben eine Besprechung beim Bürgermeister. Aber vielleicht kann ich Ihnen helfen?"

„Ist möglich." Der kleine Mann griff in seine Jackentasche und nestelte ein grün bedrucktes Blatt Papier hervor. „Ist wegen meine Geschäft! Ich gestern das Bußgeld bezahlt, tausend Euro, wie Chef gesagt! Hier die Quittung! Ich jetzt wieder kann aufmachen meine Lokal?"

Sabine Jungjohann griff nach der Quittung, warf einen flüchtigen Blick darauf und reichte sie wieder an Lazarini zurück. „Ich mache mir gleich einen Vermerk und werde Herrn Kretz die Sache morgen als Erstes vorlegen. Dann wird er eine Entscheidung treffen. Sollte die Gewerbeuntersagung zurückgenommen werden, dürfen Sie Ihr Lokal wieder öffnen. Bis Sie einen Aufhebungsbescheid haben, müssten Sie sich aber schon gedulden …"

„Und wann wird sein?"

„Das kann ich nicht wissen, Herr Lazarini. Aber

zwei, drei Tage wird es auf jeden Fall dauern."

Die Miene des kleinen Mannes verfinsterte sich schlagartig.

„Aber ... Meine Geschäft! Eine Woche schon zu! Wer mir bezahlt die Verlust? Noch eine Woche und bin ruiniert! Mama mia! Ich habe eine Frau und drei Kinder! Und meine Vater vierundsiebzig Jahre alt und keine Rente bekommt! Wovon sollen leben?"

Sabine wurde die Sache mulmig. Dieser kleine Mann ließ sich nicht länger hinhalten und auch nicht abwimmeln. Und unser hoher Herr saß beim Bürgermeister!

„Ich versteh´ Sie ja", schluckte sie, „aber –"

„Zwei Tage? Zwei Tage, Sie haben gesagt? Gut! Ich werde noch zwei Tage warten! Ein letztes Mal! Aber nicht länger! Zwei Tage, sagen Sie das Ihre Chef! Auf Wiedersehen, Signorina!"

Lazarini stürzte hinaus. Sabine saß hinter ihrem Schreibtisch wie ein Häuflein Elend. Aus ihrem Gesicht war alle Farbe gewichen. „Um Himmels Willen", wisperte sie, „wenn das nur gutgeht! Diese Augen hättest du sehen müssen! Der Mann ist doch total fertig ..."

Das war mir auch nicht entgangen, und es kostete mich einige Mühe, Sabine wieder zu beruhigen. Aber schließlich schaffte ich es doch. Am nächsten Morgen hatte unser Allgewaltiger die Sache Lazarini wieder auf dem Schreibtisch und damit war sie für mich auch schon vergessen – bis ich am übernächsten Nachmittag wieder beim Chef im Büro war. Eben hatte ich ihm berichtet, dass der städtische

Hilfspolizist Stiermann und ich die Stadtstreicher wohl endgültig aus der Innenstadt verjagt hätten, als es leise klopfte.

„Ja!", rief Kretz gutgelaunt. Die Tür ging auf und Sabine Jungjohann schaute herein.

„Chef? Der Herr Lazarini ist draußen und möchte Sie sprechen!"

Kretz´ gute Laune war auf der Stelle verflogen.

„Langsam wird er lästig. Schicken Sie ihn weg. Habe zu tun."

„Bitte, Chef! Es dauert nur einen Moment! Sein Bußgeldverfahren ist doch jetzt abgeschlossen und die Auflagen sind alle erfüllt! Ich habe Ihnen die Sache gestern morgen schon vorgelegt. Ob nun nicht die Gewerbeuntersagung zurückgenommen werden kann?"

„Sehe ich keine Veranlassung zu, Fräulein Jungjohann. Im übrigen ist das nicht Ihre –"

Lazarini drängte Sabine zur Seite und stand im Büro.

„Was fällt Ihnen denn ein?" brauste Kretz auf, hatte sich aber sofort wieder in der Gewalt.

„Ich bin hier wegen meine Lokal! Wann kriege ich endlich Erlaubnis, meine Lokal wieder aufzumachen?"

„Ich denke, die Sache ist geklärt!", zischte Kretz. „Gegen Sie liegt eine bestandskräftige Verfügung vor, die Ihnen die Weiterführung Ihres Gewerbes untersagt –"

„Ja, aber ist falsch! Und außerdem ich habe die Strafe bezahlt!"

„Eben, Herr Lazarini, eben." Kretz legte seine Hände

173

auf den Schreibtisch und trommelte mit den Fingerspitzen auf der Platte herum. „Sie haben also den Bußgeldbescheid und damit auch den zugrundeliegenden Sachverhalt anerkannt. Und auf eben diesen Sachverhalt stützt sich die Gewerbeuntersagung! Wieso sollte ich die jetzt zurücknehmen? Wie stellen sie sich das überhaupt vor?"

Sabine Jungjohann war wie vom Schlag getroffen. Auch mir blieb die Luft weg. Guiseppe Lazarini lief dunkelrot an.

„Das ist Betrug! Das ist Betrug und Sie wissen genau! Sie mir gesagt, wenn diese Bußgeldverfahren zugeschlossen ich wieder meine Lokal darf öffnen! Nur deswegen ich habe bezahlt, obwohl ist nicht richtig! Sie –"

„Ich habe Ihnen überhaupt nichts gesagt!", fuhr ihm Kretz über den Mund. „Wie kommen Sie dazu, solchen Unsinn zu erzählen ..."

Lazarini stockte der Atem. Sabine wurde leichenblass. „Aber Chef", flüsterte sie, „Sie haben doch selbst –"

„Fräulein Jungjohann! Sie hat niemand um Ihren Kommentar gebeten! Gehen Sie wieder an Ihre Arbeit, und zwar sofort!" Kretz′ Augen sprühten Blitze. „Lasse mir doch nicht das Wort im Munde herumdrehen! Habe lediglich erklärt, dass über die Sache nicht abschließend entschieden werden kann, solange in gleicher Angelegenheit ein Bußgeldverfahren offen ist! – Herr Lazarini, ich habe die Schließung Ihrer Gaststätte angeordnet, und dabei bleibt es! Wenn Sie damit nicht einverstanden sind, können Sie jederzeit vors Verwaltungsgericht gehen und klagen! Vielleicht heben die meine Verfügung ja wieder auf! Aber bis zu einem rechtskräftigen Urteil bleibt sie bestehen! Und jetzt gehen Sie bitte! Zum letzten Male: Hinaus, oder ich lasse die Polizei rufen!"

Der kleine Mann bebte. Er ballte die Fäuste so fest zusammen, dass die Knöchel weiß hervortraten. Ich rechnete damit, dass er sich auf Kretz stürzen würde, und schielte zum Telefon hinüber. Aber Lazarini behielt die Fassung.

„Ist gut", grollte er nur, „Ist gut!" Dann atmete er tief ein, presste die Lippen zusammen und ging – ein kleiner Mann, der nicht mehr wollte, als sein bescheidenes Geschäft führen und für seine Familie sorgen; ein kleiner Mann, der nicht verstehen konnte, dass Recht und Gerechtigkeit zweierlei ist; ein kleiner Mann, der nicht begreifen wollte, dass er es hier mit Beamten statt mit Menschen zu tun hatte. Seinen Blick und seine Augen werde ich nie vergessen.

„Er hat den Bußgeldbescheid bezahlt und den Sachverhalt anerkannt", brummelte Kretz, „und wenn er meint, dass die Gewerbeuntersagung unverhältnismäßig wäre ... Na ja." Er griff nach seinem Kugelschreiber und beugte sich wieder über die Akte auf seinem Schreibtisch. „Übrigens, Naumann, morgen wollte ich mal mit Ihnen in die Oberstadt und mir vor Ort ansehen, wie die Verkehrsführung wegen dieses Radrennens geändert werden muss. Halten Sie sich den Nachmittag dafür frei."

„Ist gut, Chef."

Ich fasste Sabine Jungjohann am Arm, zog sie mit

mir aus dem Büro und drückte die Tür hinter uns zu. „Der arme Mann! Der arme Mann!" Sabine war völlig außer sich. „Also sowas hätte ich wirklich nicht vom Chef gedacht! Alles, aber sowas nicht!"

Ich auch nicht, doch ich hielt den Mund und setzte mich wieder an meine Anträge und die gebührenpflichtigen Verwarnungen. Für den kleinen Mann konnte ich nichts mehr tun, beim besten Willen nicht. Ihm wurde übel mitgespielt, sehr übel sogar, aber der Chef wäre der letzte gewesen, der eine Verfügung zurückgenommen hätte. Eine Verfügung zurücknehmen hieß, einen Fehler zu berichtigen, und ein Oberamtsrat Kretz machte keine Fehler. Nun ja …

Gegen Feierabend suchte ich noch die Unterlagen für das Radrennen zusammen, um sie am nächsten Nachmittag parat zu haben. Ich brauchte sie jedoch nicht mehr. Oberamtsrat Hans Dieter Kretz wurde am gleichen Abend in der Tiefgarage neben seinem Wagen tot aufgefunden. Er war mit siebzehn Messerstichen regelrecht abgeschlachtet worden. Verwertbare Anhaltspunkte für die Fahndung nach einem Täter gab es nicht. Natürlich wurde auch Guiseppe Lazarini im Zuge der Ermittlungen verhört; ein Tatverdacht gegen ihn ließ sich allerdings nicht erhärten. Die polizeilichen Ermittlungen konzentrierten sich später auf das Stadtstreichermilieu.

Zehn rote Rosen

Das einzige, was in dem düsteren Gerichtssaal leuchtete, war das Gesicht des Amtsrichters Otto Mallbach. Dick, gelb und verschwitzt, mit listigen Schweinsäuglein und einem aufreizenden Lächeln auf den Lippen, stand er hinter seinem Richtertisch wie das Denkmal des gütigen Familienvaters, aber Erwin Schuchardt hütete sich davor, ihn zu unterschätzen. Dass ihm der Fettwanst vorhin bei der Schöffenbelehrung wie ein schmachtender Liebhaber von seiner Tochter erzählt hatte, wollte schließlich nicht viel bedeuten. Auch sein Freund Julius hatte das immer getan, und was von Biedermännern solchen Formats zu halten war, wusste Erwin nur zu gut. Und außerdem durfte er sich als alter Gastwirt schon einige Menschenkenntnis zutrauen.

„Bitte nehmen Sie Platz", riss ihn Otto Mallbach mit schleimgeölter Stimme in die Wirklichkeit zurück und zwängte den massigen Körper hinter das Pult. Erwin Schuchardt und der andere Schöffe, Bauunternehmer Dieter Bolch, setzten sich ebenfalls, dann Staatsanwalt, Verteidiger und Angeklagter und zuletzt die Protokollführerin. Nur vor den Zuschauerbänken blieb eine Reihe von Leuten stehen, ausgerichtet wie die Orgelpfeifen, und schaute den Fleischberg in der schwarzen Samtrobe ehrfurchtsvoll an.

„Sie sind alle als Zeugen geladen?", säuselte der

177

Richter zu ihnen herunter.

„Jawoll!", donnerte ein energisch dreinblickender Mittfünfziger.

„Ja", flötete eine grell geschminkte Blondine im zu kurzen Rock.

„Ich muss Sie bitten, hinauszugehen und draußen zu warten, bis Sie einzeln aufgerufen werden!"

Die Leute dackelten brav und folgsam aus dem Gerichtssaal. Der Richter klappte einen Aktendeckel auf und gaffte zur Protokollführerin hinüber.

„Es sind erschienen", diktierte er, „der Angeklagte Frank Thull" – ein blasser, hochaufgeschossener junger Mann, fast noch ein Junge, mit traurigen Augen und weichen Lippen, nickte kurz, „als Verteidiger des Angeklagten Herr Rechtsanwalt Schmidtbauer" – der zupfte sich ein Haar aus seinem grauen Schnurrbart, „und als Vertreter der Staatsanwaltschaft Herr Staatsanwalt Krieger!"
Ein grauer, vierschrötiger Mann mit roten Augen, Hängebacken und Trinkernase verneigte sich steif. Er erinnerte Erwin Schuchardt sofort an Herbert, einen anderen alten Freund. Was mochte nur aus ihm und aus Julius geworden sein?

„Herr Thull", begann der Richter mit zuckersüßer Stimme, „bevor wir zur Sache selbst kommen, muss ich Sie zu Ihrer Person vernehmen. Sie heißen Frank Thull?"
Der Angeklagte nickte schwach.
„Wie alt sind Sie?"
„Einunddreißig Jahre, Herr Vorsitzender!"

„Einunddreißig Jahre", wiederholte der Dicke. „Und von Beruf?"

„Autoverkäufer, Herr Vorsitzender!"

„Autoverkäufer", seiferte der Richter. „Hm ... Ist er verheiratet?"

„Ja, Herr Vorsitzender!"

„Verheiratet", sülzte Mallbach. Die Protokollführerin schrieb fleißig mit.

„Hat er Kinder?"

„Eine Tochter, Herr Vorsitzender. Achtzehn Monate."

„Wie goldig", strahlte der Fettwanst. Die Protokollführerin lächelte pflichtschuldigst und Erwin Schuchardt hatte das Gefühl, als ob der Staatsanwalt sie mit seinem geilen Blick auszöge. Nachdem die Befragung noch eine ganze Weile in diesem Plauderton dahingeplätschert war, lehnte sich der Amtsrichter in seinem Stuhl zurück, massierte das Doppelkinn und schaute den Ankläger erwartungsvoll an.

„Bitte, Herr Staatsanwalt!"

Staatsanwalt Krieger rappelte sich auf, gähnte, zog seine nach einer durchzechten Nacht nicht mehr ganz saubere Krawatte gerade und verlas die Anklageschrift:

„D-Der Aumo-Automobilverkäufer Frank Thull", lallte er los, „wird anneklagt, am z-zwanzigsten Dezember vorigen Jahres die Ta-Tageseinnahmen des Autohauses Schreibel in Hö-Höhe von achzehntausendeinhundert Euro gestohlen zu haben. D-Der Anneklagte war dort zum Tatzeit-

179

punkt als Au-t-tomobilverkäufer beschäftigt. A-Am Abend des zwanzigsten Dezember betrat er kurz vor Gesch-schäftsschluss das Büro des Prokuristen Manfred Zilch, während dieser auf der T-Toilette sich befand. A-Aus einer Stahlblechkassette, die unverschlossen auf dem Schreibtisch stand, b-brachte er sodann die Tageseinnahmen an sich u-und schaffte sie außer Haus. Anzuwendende Strafvorschrift Paragraph zwohundertzwoundvierzig Strafgesetzbuch."

Staatswanwalt Krieger verneigte sich so zackig, als erwarte er donnernden Applaus, und sank erschöpft auf seinen Stuhl zurück. Schöffe Dieter Bolch stierte den Angeklagten böse an. Er hatte sich ein Kapitalverbrechen gewünscht, irgendeine wüste, mit Blut geschriebene Geschichte, und keinen simplen Diebstahl. Als ob sich einer vom Stammtisch dafür interessieren würde!

„Herr Thull", verkünstelte sich der Richter, „Herr Thull, Sie haben gehört, was Ihnen vorgeworfen wird. Dazu soll er jetzt gehört werden." Es folgte eine langatmige Belehrung über das Recht des Angeklagten, die Aussage zu verweigern. Ihr schloss sich der obligatorische Hinweis an, dass ein Geständnis immer strafmildernd zu Buche schlage. Wenn er, der Angeklagte, etwas zu gestehen habe, dann möge er es doch bitte jetzt tun.

„Ich hab´ aber nichts zu gestehen, Herr Vorsitzender", versicherte Frank Thull. „Ich habe das Geld nicht gestohlen! Wenn Herr Schreibel das einfach so rumliegen lässt und auf einmal ist es weg, dann darf das doch mir nicht in die Schuhe geschoben werden!"

Richter Mallbach grunzte unwillig. Staatsanwalt Krieger fuhr damit fort, den Busen der Protokollführerin zu betrachten. Schöffe Bolch schürzte die Lippen.

Natürlich konnte Frank Thull sich noch genau an den fraglichen Abend erinnern: Kurz nach Feierabend, etwa um halb sieben, war auf einmal die Polizei in die Firma gekommen. Der Chef sagte, dass die Tageseinnahmen gestohlen worden wären, und alle mussten erst einmal eine Leibesvititation über sich ergehen lassen, bevor sie aus dem Haus durften. Am nächsten Nachmittag kam einer von der Kripo und befragte jeden einzelnen und in den Tagen nach Weihnachten wurden sie nochmals ausführlich verhört. Dann, am neunzehnten Januar, stand morgens plötzlich die Polizei mit einem Durchsuchungsbefehl vor seiner Wohnung, kehrte das Unterste zuoberst und nahm alles an Kontoauszügen, Akten und Bankunterlagen mit, was sich nur finden ließ. Er selbst wurde auf dem Revier festgehalten und den ganzen Vormittag hindurch verhört, kriegte die Fingerabdrücke abgenommen und durfte erst gegen Mittag wieder nach Hause. Vier Wochen später wurde er an seinem Arbeitsplatz verhaftet und zum Ermittlungsrichter geschleppt. Rechtsanwalt Schmidtbauer kam sofort hinzu und konnte ihn aus der Untersuchungshaft wieder loseisen. Herr Schreibel hatte ihm auf der Stelle fristlos gekündigt, den Rausschmiss aber zurückgenommen, nachdem der Anwalt mit einer Klage gedroht hatte. Seitdem arbeitete Frank Thull in einer anderen Filiale.

„Hm", schmatzte Richter Mallbach, wischte sich den Speichel vom Mund und überlegte angestrengt. Frank Thull presste die Handflächen gegen die Tischkante, heftete den Blick auf den schmierigen Linoleumboden und rang nach Luft. Erwin Schuchardt wusste genau, was in ihm vorging. Dieser Junge hatte Angst, hatte wahnsinnige Angst und war so verzweifelt, wie ein Mensch nur verzweifelt sein konnte.

„Wieviel hatte er denn damals netto im Monat?"

„Je nach Geschäftsgang, Herr Vorsitzender. Zwölfhundert fest und vierhundert bis achthundert an Provision."

„Hm,hm, hm. Arbeitet seine Frau mit?"

Mallbach machte den Eindruck, als ob er jeden Moment einschliefe. Aber Erwin Schuchardt wusste genau, dass der Verstand des Amtsrichters hellwach geblieben war.

„Nein, Herr Vorsitzender. Als unsere Tochter kam, hat sie aufgehört."

„Das heißt, er hatte zwischen sechzehnhundert und zweitausend Euro jeden Monat plus zweihundertzehn Euro Kindergeld. Nun ja. Ein Vermögen ist das sicher nicht, aber für drei Mäuler dürfte es reichen, oder?" Der Vorsitzende lächelte den Jungen gewinnend an und schmierte mit seinem Kugelschreiber einige Zahlen auf ein weißes Blatt

Papier. Er schrieb nur die rechte Hälfte des Blattes voll.

„Ja, Herr Vorsitzender!"

Erwin hörte das Zittern in der Stimme.

„Nun kamen aber Ende vorigen Jahres ein paar unvorhergesehene Ausgaben auf ihn zu! Erzählen Sie uns mal, um was es da ging, und wie Sie das bezahlt haben!" Der Richter warf seinen Kugelschreiber auf das Blatt und innerhalb einer Sekunde verwandelte sich sein rosiges Lächeln in eine sadistische Fratze. Erwin hatte mit sowas gerechnet. Wenn er einem misstraute, waren es die Freundlichkeit und das scheinbare Verständnis eines Richters.

„Ich nehme an", kam es kaum hörbar, „Sie meinen meinen Autounfall vom Sommer und den Strafbefehl, den ich gekriegt habe ..."

„Erzählen Sie mal!", herrschte ihn der Dicke an. „Und nennen Sie ein paar Zahlen! Der Autounfall war im August, nicht wahr?"

„Richtig. Dabei hab´ ich mir den Wagen kaputtgefahren und dann hab´ ich ´nen neuen Gebrauchten gekauft. Über die Bank. Das waren dreihundertsechzig Euro jeden Monat."

„Hm", brummte Otto Mallbach, schrieb die Zahl auf den linken Rand seines Blattes und umkreiste sie mit dem Kugelschreiber. „Und wieviel Miete müssen Sie zahlen?"

Frank Thull lächelte stolz. „Überhaupt keine. Wir haben eine Eigentumswohnung, die bezahlen wir mit vierhundertsiebzig Euro monatlich ab."

Der Richter schrieb „470" auf sein Blatt und unterstrich die Zahl.

„Hm. Und wie sah es aus mit Versicherungen und so? Wieviel mussten Sie dafür aufbringen?"

Der Junge rutschte auf dem Stuhl hin und her.

„Puh, das weiß ich gar nicht so genau! Wir haben das nämlich alles vom Bankkonto abbuchen lassen!"

Erwin wusste nicht, ob ihn dieses Katz-und-Maus-Spiel nur anekelte oder auch in Rage brachte, und noch weniger, was der Staatsanwalt laufend zu grinsen hatte. Der richtete seine Aufmerksamkeit ausschließlich auf die Protokollführerin und zwickte sich mit seinen Wurstfingern abwechselnd in den Nacken und in den Unterleib.

„Nun, ich habe es doch hier stehen!", donnerte der Richter. „Lebensversicherung, Unfallversicherung, Hausratversicherung, Haftpflichtversicherung und eine Aussteuerversicherung für das Kind! Macht zusammen hundertdreiundneunzig Euro jeden Monat! Kommt das hin?"

„Gut möglich", murmelte der Angeklagte. Staatsanwalt Krieger machte der Protokollführerin schöne Augen und malte sich aus, wie gut sie im Bett sein mochte. Schöffe Bolch setzte ein wissendes Gesicht auf.

„Hm, hm, hm. Wenn ich das so zusammenrechne, gingen von Ihrem Einkommen jeden Monat rund tausend Euro nur für feste Ausgaben weg! Bei nur sechzehnhundert bis zweitausend netto ein ganz schöner Batzen, finden Sie nicht?"

„Das ist richtig", hauchte der Junge.

„Das ist also richtig. Hmmm ... Und dann kamen im November und Dezember noch einige dicke Brocken dazu! Ein Strafbefehl über sechstausend wegen der Sache mit dem Autounfall, ein Satz Winterreifen mit Felgen für knapp achthundert und Ihre anteilige Heizölrechnung in Höhe von vierzehnhundert Euro wurde zweimal angemahnt!" Der Richter sezierte den Angeklagten mit dem gleichen Blick, mit dem er mittags seine Schweinshaxen sezierte. „Das waren achttausendzwohundert Euro, die Sie aufbringen mussten! Achttausendzwohundert Euro! Wann bezahlten Sie die und wovon bezahlten Sie die?"

Frank Thull atmete schwer. Hilfesuchend starrte er aus dem Fenster. Dieter Bolch hörte auf, mit seiner Büroklammer den Dreck unter den Fingernägeln herauszukratzen, und bemühte sich, wichtig und würdevoll auszusehen. Es gelang ihm nicht.

„Also die Winterreifen, die hab' ich sofort bezahlt. Für sowas hatten wir immer 'ne Reserve liegen. Und das mit den Heizkosten hab' ich ein oder zwei Tage nach Weihnachten erledigt. Die Rechnung hatte ich vergessen."

„Vergessen", höhnte der Staatsanwalt.

„Ja. Wissen Sie, ich dachte, meine Frau hat das bezahlt und meine Frau dachte, ich hab's bezahlt, und so ist es liegengeblieben."

„Hm, hm, hm", machte der Richter. Die Protokollführerin stenografierte fleißig mit. Rechtsanwalt Schmidtbauer zwirbelte mit der linken Hand die Spitzen seines grauen Schnurrbartes und hakte mit der rechten einen Punkt nach dem anderen auf einer maschinengeschriebenen Liste ab.

„Auch den Strafbefehl hab´ ich nach Weihnachten bezahlt und auch den Rest mit dem Auto, damit wir das endlich aus den Füßen hatten."

Erwin runzelte die Stirn. Dieter Bolch stützte sich mit den Unterarmen auf die Tischplatte, schürzte die dicken Lippen und versuchte, die Bankreihen im Zuschauerraum zu zählen.

„Wo kam denn das Geld plötzlich her?", muhte der Richter. „Das waren doch alles zusammen an die vierzehntausend Euro!"

„Wenn man die Heizkosten dazurechnet, waren´s fünfzehntausendfünfhundert", nahm ihm der Junge das Wort aus dem Mund. „Das war unser letztes Geld, unser Notgroschen. Meine Frau war ja mit arbeiten gegangen, bis das Kind kam, und ihr Gehalt hatten wir nie angerührt und immer gleich aufs Sparbuch getan."

„Hmmm." Richter Mallbach schien wieder milder gestimmt. „Und seine Frau hatte soviel Geld gespart?"

„Zwölftausend", stellte Frank Thull richtig. Otto Mallbach schrieb es auf.

„Und der Rest? Wo hatte er den her? Da fehlen doch noch dreieinhalbtausend Euro!" Er umkreiste die „12000" auf seinem Blatt immer und immer wieder mit dem Kugelschreiber und blinzelte dem Angeklagten zu. Seine rosigen Bäckchen leuchteten. Genau wie bei Julius, dachte Erwin.

„Das war das Weihnachtsgeschenk von meinen Schwiegereltern!", riss ihn der Angeklagte aus seiner Erinnerung. „Die hatten ja mitbekommen, dass ich im Sommer das Auto kaputtgefahren hatte, und meine Frau hatte ihnen das mit dem Strafbefehl erzählt. Da konnten sie sich wohl ihr Teil denken, und zu Weihnachten haben sie uns fünftausend Euro gegeben."

„Solche Schwiegereltern wünsch´ ich mir auch", quakte der Dicke und drehte sich zu Dieter Bolch um. „Nun ja. Herr Bolch, haben Sie noch eine Frage?"

„Nein!" Schöffe Bolch schüttelte den Kopf, warf die niedrige Stirn in Falten und fuhr sich mit beiden Händen durch die angegrauten Haare.

„Ich habe allerdings noch eine Frage", wandte sich Erwin an den Angeklagten. „Herr Thull, letztes Jahr vor Weihnachten dürfte in Ihrer Brieftasche Ebbe geherrscht haben, kann man das so sagen?"

Frank Thull überlegte kurz, dann nickte er. „Ja, das ist richtig!"

Erwin legte beide Hände auf den Tisch, faltete sie, ließ die Daumen umeinander kreisen und schaute dem Jungen unvermittelt ins Gesicht.

„Sagen Sie, Herr Thull, konnten Sie Ihrer Frau und dem Kind mit einer so leeren Brieftasche überhaupt etwas zu Weihnachten schenken?"

Frank Thull lächelte schüchtern. „Bei uns gab es voriges Jahr keine großen Weihnachtsgeschenke, da haben Sie schon Recht. Unser Töchterchen bekam einen Teddybären, meine Frau einen Strauß mit zehn roten Rosen und ich eine Flasche Cognac. Nicht viel, aber wir waren glücklich damit!"

Erwin nickte versonnen. „Danke, ich habe keine weiteren Fragen mehr!"

„Hmmm ... Und Sie, Herr Staatsanwalt?"

Staatsanwalt Krieger glotzte verständnislos zu dem Angeklagten hinüber. „Herr Thull, eines v-v-verstehe ich nicht ganz." Wie Schnapstropfen platschten seine Worte in den Gerichtssaal. „Wenn Sie ein Sparbuch mit einem N-Nosch-äh-Notgroschen hatten, wawarum finanzierten Sie Ihr n-neues Auto dann über die Bank?"

Frank Thull war auf diese Frage vorbereitet. „Das hab´ ich doch grade gesagt. Das auf dem Sparbuch, das war unsere eiserne Reserve. Da sollte nur drangegangen werden, wenn es gar nicht mehr anders geht, wenn alle Stricke reißen!"

„Aha!", frohlockte der Staatsanwalt. „Vo-voriges Jahr gegen Weihnachten waren bei Ihnen also alle Stricke gerissen?"

„Nein", ließ sich Frank Thull nicht irre machen, „eben nicht! Genau dafür war ja diese Notreserve da, damit es auch in so einer Situation immer noch weitergehen konnte!"

Der Ankläger grinste noch blöder als zuvor. „So, so, Ihre Frau hahatte also ein Sch-Sparbuch! W-wo bewahrte sie das denn auf?"

„In einer Buchkassette. Die stand bei uns im

188

Wohnzimmer im Bücherschrank."

„S-seltsam. Dass sowas bei der Hahausdurchsuchung nicht gefunden wurde! D-das erklären Sie mir doch bitte mal!"

Rechtsanwalt Schmidtbauer hakte einen Punkt auf seiner Liste ab. Der Angeklagte lächelte dünn.

„Das müssen Sie die Polizisten fragen, die bei uns in der Wohnung waren! Wenn die was liegenlassen, kann ich doch nichts dafür!"

„Na, na, na!" ermahnte ihn der Vorsitzende.

„Wo ist denn dieses Sparbuch jetzt?", artikulierte Krieger ganz vorsichtig.

„Bei meiner Frau zu Hause!"

Staatsanwalt Krieger kochte vor Wut. Dieser Angeklagte tappte aber auch in gar keine Falle!

„W-w-wenn es solch ein Sparbuch gibt, w-w-warum haben Sie es dann nicht schon längst vorgezeigt?"

Frank Thull fröstelte. „Weil mich keiner danach gefragt hat. Deshalb!"

Erwin hörte den Mut der Verzweiflung aus dieser patzigen Antwort heraus. Wie dem Jungen zumute war, wusste er nur zu gut.

„Also dieses Sparbuch", mischte sich der Richter ein, „das hätte ich auch gerne gesehen! Da wird uns die Frau Thull etwas zu sagen müssen!" Er unterstrich eine Zeile auf dem linken Rand seines Notizblattes.

Staatsanwalt Krieger wusste keine weiteren Fragen mehr. Rechtsanwalt Schmidtbauer nahm den Bogen mit seinen Merkworten zur Hand.

„Um es kurz zu machen, Herr Thull: Ihre Frau hat ein Sparbuch, auf dem immer ein Notgroschen festgehalten wird, stimmt das so?"

„Genau so ist es", bestätigte Frank Thull.

„Warum bezahlten Sie davon erst an Weihnachten und nicht schon früher das Auto?"

Frank Thulls Augen flehten. „Ich wollte doch überhaupt nicht an dieses Geld drangehen! Aber als wir die Heizkosten und den Strafbefehl bezahlt haben, da dachten wir, lass uns doch gleich alles erledigen, und danach sparen wir uns wieder neu was an!"

„Aha!", fauchte der Anwalt. „Und genau das ist dem Herrn Staatsanwalt so unverständlich! Dass Sie Ihre Schulden bezahlten!" Sein Schnurrbart sträubte sich wie der eines wütenden Katers. „Denn mal weiter! Wie war das bei euch in der Firma? In das Büro von dem Herrn Zilch, konnte da jeder rein?"

„Aber natürlich!" Frank Thull schluckte mehrmals. „Er ist doch der Prokurist! Wenn einer was von ihm wollte, dann ist er zu ihm rein, und wenn er nicht da war, dann hat man es auf den Schreibtisch gelegt! Post zum Unterschreiben, Materialbestellungen, Aufträge, abends die Kassenabrechnungen und und und!"

„Es war also nichts Ungewöhnliches, wenn jemand vom Personal in das Büro ging? Und wenn Herr Zilch nicht drin war, war das Büro auch keinesfalls abgeschlossen?"

„Abgeschlossen? Ach wo! Der Herr Zilch ist doch

so oft im Betrieb unterwegs, da wäre er ja nur am Auf- und Zuschließen!"

Schmidtbauer hakte einen seiner Stichpunkte ab.

„Und am zwanzigsten Dezember waren Sie auch bei ihm im Büro?"

„Ja sicher!" Frank Thulls Panik war beinahe mit Händen zu greifen. „Einmal wegen der neuen Kataloge, dann wegen einer Bestellung beim Werk, dann ging es darum, dass eine Lieferung schon zwei Wochen über die Zeit war, und zuletzt hab´ ich ihm noch die neuen Preislisten reingebracht. Das war so um sechse oder kurz danach."

Rechtsanwalt Schmidtbauer las die nächste Frage ab. „Und der Herr Zilch, war der jedesmal in seinem Büro?"

„Nein." Frank Thull schüttelte verzweifelt den Kopf. „Er war immer irgendwo in der Halle oder in der Werkstatt."

„Was?", röhrte der Vorsitzende, und ein Speichelregen ging auf die Tischplatte nieder. „Soll das heißen, Sie konnten so einfach in sein Büro?"

„Sicher." Frank Thull setzte ein Gesicht auf, als bete er das Vaterunser. „Aber nicht nur ich! Der Meister, der Magazinverwalter, das Mädchen von der Kasse, die Sekretärin, die Putzfrau, manchmal auch einer von den Monteuren aus der Werkstatt! Und der Chef und der Junior sowieso!"

Genau wie bei mir, dachte Erwin. Ich bin hinter der Theke und manchmal auch Sigrid, aber genauso die Kellner und Kellnerinnen und die Buben, die im Ausschank mithelfen! Das, was am zwanzigsten Dezember bei Schreibel passierte, kann ebenso gut heute Abend in meinem Lokal passieren! Wo Geld und Leute zusammenkommen, muss man immer mit sowas rechnen!

Frank Thulls Vernehmung war damit beendet, und als erster Zeuge hatte Herr Walter Schreibel seinen Auftritt. Der Inhaber des Autohauses Schreibel war groß und schwerknochig, hatte einen weit überhängenden Bauch, ein weichlich dickes Gesicht und das Organ eines Hauptfeldwebels. Sein bauernhaftes Auftreten und die dröhnende Stimme ließen keinen Zweifel daran, dass er wie ein Feudalherr über seine Mitarbeiter verfügte, dass er sie äußerst knapp hielt und dass er es gewohnt war, Anweisungen zu geben, die man widerspruchslos zu befolgen hatte.

„Der Thull ist seit gut vier Jahren bei mir! Mit ihm als Angestellten war ich eigentlich ganz zufrieden! Bis er sich dieses Ding da erlaubt hat!"

„Herr Schreibel", fuhr ihm Richter Mallbach über den Mund, „bitte nehmen Sie hier keine eigenen Wertungen und Schlussfolgerungen vor! Ob der Angeklagte sich dieses Ding erlaubt hat oder nicht, darüber müssen wir erst befinden! Sagen Sie also nur das, was Sie aus eigenem Erleben wissen, ja?"

Das war nicht übermäßig viel: Am Abend des zwanzigsten Dezember, kurz nach halb sieben, war der Prokurist zu ihm ins Büro gestürmt gekommen und hatte vom Stapel gelassen, dass die Tageseinnahmen verschwunden wären. Er, Schreibel, hatte daraufhin sofort die Polizei angerufen und Zilch die Leute im Haus festgehalten; eine Streife war wenig später gekommen und hatte alles und jeden durchsucht, aber nichts gefunden. Die Angestellten hatten hinterher nach Hause gehen dürfen und Schreibel, sein Sohn und Zilch die Büroräume, den Tankstellenshop und hinterher sogar noch das Lager bis spät in die Nacht hinein durchsucht. „Das Geld konnte sich ja nicht in Luft aufgelöst haben, aber es war weg! Am nächsten Morgen habe ich dann mal mit jedem einzeln gesprochen und die Frau Lüsing, unsere Sekretärin, die hatte gesehen, dass der Thull alleine im Büro vom Zilch gewesen war, und da bin ich hellhörig geworden!"

„Wieso? Wieso wurde er da hellhörig?" Richter Mallbach wischte mit dem Ärmel seiner Robe den Speichel vom Tisch.

Nun, erklärte Schreibel, seinem Autoverkäufer habe doch das Wasser bis zum Halse gestanden. Der wäre nämlich ein Jahr zuvor erst Vater geworden und das hät-te wohl ein ziemliches Loch in die Haushaltskasse gerissen, dass die Frau nicht mehr mit arbeiten gegangen wäre. Und dann erst dieser Autounfall im August! Ein neues Auto hätte angeschafft werden und der Thull überdies eine saftige Geldstrafe bezahlen müssen und nicht gewusst, wovon.

„Und da hat der mich doch tatsächlich gefragt, ob

ich ihm ein Arbeitgeberdarlehen gebe, acht´n-halbtausend Euro, er wollte dafür jeden Monat was vom Gehalt abgezogen haben. Ich hab´ gedacht, ich hör´ nicht richtig! Hab´ ich ´n Autohaus oder ´ne Bank? Nee, nee, da hab´ ich die Finger schön von weggelassen!"

Erwin konnte sich lebhaft vorstellen, wie Schreibel seinen Verkäufer abgekanzelt hatte. Vermutlich hatte er ihn hochkant rausgeschmissen.

„Hmmm." Otto Mallbach kritzelte zwei Zeilen auf den rechten Rand seines Blattes. „Ich habe keine Fragen mehr. Sie vielleicht, Herr Schuchardt?" Er drehte seinen Nilpferdkopf zu Erwin herüber.

„Ja." Erwin bemühte sich, möglichst desinteressiert dreinzublicken. „Herr Schreibel, hat Ihnen eigentlich eine Versicherung den Schaden ersetzt?"

„Nein!" Schreibels Hängebauch wippte bedrohlich. „Was glauben Sie, wie ich mich mit denen rumgezankt habe! Aber nichts zu machen! Bei Überfall oder Einbruch wäre das kein Problem gewesen, aber so ... so trifft das Ganze meinen eigenen Geldbeutel!"

Dem das nichts ausmachen dürfte, dachte Erwin.

„Versucht haben Sie es also schon, den Schaden ersetzt zu bekommen?"

„Was denn sonst!", plärrte Schreibel. „Dafür bezahl´ ich schließlich meine Beiträge, oder?"

„Selbstverständlich", bestätigte Erwin mit ausgesuchter Höflichkeit. „Vielen Dank!"

Nun war Staatsanwalt Krieger an der Reihe. Der Alkoholdunst in seinem Schädel hatte sich etwas verflüchtigt, am Busen der Protokollführerin gab es nichts mehr zu sehen und so kamen mit einem Male gefährlich präzise und hinterhältige Fragen. Ob es in seinem Betrieb die Regel wäre, dass abends achtzehntausend Euro in der Kasse lägen?

Nein, schön wär´s, aber das wäre eine Ausnahme gewesen. Am Nachmittag hatte nämlich ein Kunde einen Jahreswagen gekauft und gleich bar bezahlt, vierzehntausendneunhundert Euro in Hundertern; der Rest wären einige Reparaturen und die Kasse vom Tankstellenshop gewesen.

Ob Herr Thull gewusst hätte, dass so viel Geld in der Kassette war?

Aber sicher! Er hatte doch den Verkauf abgewickelt, das Geld kassiert und auch die Quittung ausgestellt!

„D-danke", lallte der Staatsanwalt, „i-ich habe keine weiteren Fragen."

Die hatte allerdings Rechtsanwalt Schmidtbauer.

„Herr Schreibel, dass solche Geldbeträge wie an diesem Tag in der Firmenkasse lagen, das war die Ausnahme?"

„Jaaa!"

„Aber kam es nicht des Öfteren vor, dass deutlich mehr als sieben- oder achttausend Euro in der Kasse lagen?" Sein grauer Schnurrbart zitterte gefährlich.

Schreibel lief rot an. Er sah bereits die Steuerfahndung bei sich im Hause.

„Tja, äh, schon, das streite ich gar nicht ab! Aber nur, wenn zur Urlaubszeit die Tankstelle mal besonders gut ging oder ein paar große Reparaturen bar bezahlt worden sind. Oder ein Gebrauchtwagen. Mehr als zehntausend Euro, die waren´s aber nie!"

Ja, antwortete er weiter, dass solche Geldbeträge abends bei Herrn Zilch auf dem Tisch lagen, das hatten wohl alle im Betrieb gewusst. Zumindest die aus dem Büro. Nein, vor dem zwanzigsten Dezember hatte noch niemals nur ein einziger Cent gefehlt. Auch war an diesem Tage nichts Außergewöhnliches passiert, das den Diebstahl in irgendeiner Weise erleichtert hätte.

„Wenn Sie das so sagen", schnurrte Schmidtbauer, „dann will ich Ihnen das glauben." Und dann folgte eine scheinbar belanglose Abschlussfrage.

„Als Sie diesen Aktenordner aus Herrn Zilchs Büro holten, stand da die Geldkassette noch auf dem Schreibtisch?"

Erwin witterte die Falle sofort, die der Anwalt da gestellt hatte.

„Jaaa! Die stand auf dem Tisch!"

Die Falle war zugeschnappt. Schreibel sah Erwin grinsen und erfasste sofort, dass er aufs Glatteis gelockt worden war.

„Moment mal! Was soll diese Fragerei? Total unsinnig, ist doch total unsinnig! Sie wollen doch wohl nicht behaupten, dass ich mich selbst beklaut hätte?"

„Hmmm ..."

„Natürlich behauptet das niemand." Der Verteidiger lächelte milde. „Ich möchte nur herausfinden, wer in Herrn Zilchs Büro gewesen sein konnte, als achtzehntausend Euro auf dem Tisch lagen, ohne dass es Aufsehen erregt hätte."

„Wenn eine Versicherung den Schaden bezahlen soll", murmelte Erwin etwas zu laut, „ist das überhaupt nicht so unsinnig ..."

Schreibel schoss einen flammenden Blick auf die Protokollführerin ab, weil noch nicht einmal sie seine Empörung teilte.

Der Richter drehte sein vollgekritzeltes Blatt um und schrieb auf der Rückseite weiter. Dieter Bolch rieb sich den Stoppelbart und tat, als verstünde er, worum es hier ging.

„Danke schön, Herr Schreibel." Rechtsanwalt Schmidtbauer zwirbelte wieder die Spitzen seines Schnurrbartes und schien völlig in seine Notizen vertieft. Walter Schreibel konnte als Zeuge entlassen werden. Der Richter schnaufte wie ein Walross, als er ihm das Formular für die Zeugengebühren ausfüllte. Frank Thull atmete flach und war so weiß, wie es Staatsanwalt Kriegers Krawatte hätte sein sollen. Dann wurde der Prokurist Manfred Zilch hereingerufen.

Erwin sah ihm sofort an, dass er Prokurist sein mußte. Fünfzig Jahre, Seidenkrawatte, schmächtig, drahtig, energisch. Seine wohlklingende Stimme ließ ahnen, dass er sie regelmäßig im Kirchenchor übte, und der klotzige Siegelring, welches Geltungsbedürfnis in ihm steckte. Auch

Manfred Zilch konnte sich gut an den Abend des zwanzigsten Dezember erinnern, sehr gut sogar noch: Er war kurz zur Toilette gegangen und hatte der Kassiererin im Vorbeigehen gesagt, sie solle die Kassette mit den Tageseinnahmen auf seinen Schreibtisch stellen. Was sie auch getan hatte. Als er wenig später nachkontrollieren wollte, war die Kassette leer. Er fragte die Kassiererin, wo das Geld wäre, fragte die Sekretärin, ob es der Chef schon weggeholt hätte, stellte sein ganzes Büro auf den Kopf und kam schließlich zu der Erkenntnis: Es ist geklaut worden. Er hatte sofort beim Chef Alarm geschlagen, die Polizei war kurz darauf dagewesen, aber das Geld hatten sie nicht mehr finden können.

Wer zu diesem Zeitpunkt im Bürotrakt gewesen war?

Der Chef, die beiden Mädchen und der Angeklagte. Sonst niemand.

„Nur Sie noch", stellte Erwin fest.

„Richtig."

„Und wenn einer zu Ihnen ins Büro wollte, dann musste er an der Sekretärin, dieser Frau Lüsing, vorbei und die hätte ihn sehen müssen?"

„Richtig. Die hätte ihn sehen müssen.

Erwin überlegte kurz. „Die Frau Lüsing", tat er scheinheilig, „ist die immer auf ihrem Platz?"

„Ja, immer. Außer in der Mittagspause oder wenn sie mal auf Toilette ist."

Erwin überlegte nochmals.

„Eine letzte Frage, Herr Zilch. Die Frau Lüsing

selbst, die konnte wohl jederzeit in Ihr Büro gehen und es wieder verlassen, ohne dass es jemand mitbekommen hätte?"

Jetzt dämmerte es Zilch, worauf der Schöffe hinauswollte. „Ja", zauderte er, „ja, das hätte sie gekonnt."

Otto Mallbach patschte mit der fetten Hand auf sein Blatt, malte einige Worte auf die linke Hälfte und unterstrich sie doppelt. Frank Thull atmete auf. Staatsanwalt Krieger blätterte in seinen Akten, räusperte sich mehrmals und glotzte den Zeugen mit glasigen Augen an.

„Sasasagen Sie, Herr Zilch, k-kommt es bei Ihnen im Betrieb schonmal vor, d-dass ein Angestellter den Herrn Schreibel anpumpen will?"

Zilch schnappte nach Luft. „Anpumpen? Den Chef? Also das sollte sich mal einer unterstehen! Wo kämen wir denn da hin?"

Dieter Bolch machte ein sehr zufriedenes Gesicht. In diesem Betrieb herrschte noch Ordnung! Da tanzte niemand dem Chef auf der Nase rum!

„W-wenn ein Mitarbeiter also versucht, s-sich bei Herrn Schreibel Geld zu leihen, d-dann darf man wohl annehmen, dass er nicht mehr aus noch ein weiß, oder?"

Manfred Zilch nickte bedächtig. Ja, anders könne man das nicht sehen.

„D-danke!"

Krieger strahlte, führte die Hand an den Mund und merkte erst jetzt, dass er gar kein Schnapsglas festhielt. Frank Thull zupfte seinen Verteidiger am Ärmel und flüsterte ihm etwas ins Ohr. Schmidtbauer nickte gemütlich und zwirbelte an seinem Schnurrbart.

„Herr Zilch", schmeichelte er, „Sie haben ein eigenes Büro mit einem großen Fenster zum Parkplatz, wenn ich richtig im Bilde bin?"

„Ja, gewiss!"

„Und Sie stellen Ihren Wagen auch immer unter diesem Fenster ab, sagte mir mein Mandant?"

„Ja", gab Zilch zu, „wo denn sonst?"

Schmidtbauer überhörte die Gegenfrage. Richter Mallbach bemühte sich, erhaben dreinzuschauen, und machte: „Hm."

„Sagen Sie, Herr Zilch, im Betrieb selbst wurde ja alles abgesucht; überprüfte man denn auch den Parkplatz unter Ihrem Fenster oder unter dem der Frau Lüsing?"

Manfred Zilch nagte an seinen Lippen und tat, als verstünde er nicht, verstand aber sehr sehr gut.

„Nein", presste er hervor, „da nicht."

„Demnach hätten Sie oder die Frau Lüsing durchaus etwas aus dem Fenster werfen und später draußen aufheben können, ohne dass es jemand mitbekommen hätte?"

Rechtsanwalt Schmidtbauer kritzelte etwas auf sein Notizblatt. Zilch wand sich hin und her und schaute vom Staatsanwalt zum Vorsitzenden, vom Vorsitzenden zu Bolch, von Bolch zur Protokollführerin und von der Protokollführerin auf den grau lackierten Heizkörper, von dem die Farbe abblätterte.

„Ja oder nein, Herr Zilch?" Schmidtbauer ließ den Prokuristen keine Sekunde aus den Augen.

„Ja, sicher, aber ... aber ... Sie glauben doch wohl nicht, dass ..."

„Ich glaube gar nichts, Herr Zilch. Ich wollte nur wissen, ob Sie oder die Frau Lüsing etwas aus dem Fenster hätten hinausschaffen können. Sonst nichts." Schmidtbauer blätterte in seinen Unterlagen. „Danke schön, Herr Zilch, ich habe keine Fragen mehr."

„Hm, hm, hm." Der Richter nickte immerzu, schmierte etwas auf sein Blatt und seiferte vor sich hin. Manfred Zilch war leichenblass. Als er das Formular für die Zeugenentschädigung annahm, zitterte seine Hand, unmerklich zwar, aber Erwin und dem Richter entging es keineswegs.

Zilch war noch nicht richtig draußen, da flog die Tür auf, und herein rauschte Brigitte Lüsing, Schreibkraft und Mädchen für alles im Autohaus Schreibel. Ein Paradiesvogel, wie Erwin selten einen erlebt hatte: etwas zu üppig geschminkt, ein gewagt kurzer Rock, etwas zu fette Beine, solariengebräunt und mit einer blonden Mähne, die ihr etwas Mondänes gab. Niemand konnte in Zilchs Büro, ohne an ihrem Schreibtisch vorbeizukommen, und sie behielt die Tür jederzeit im Auge. Jawohl, jederzeit! Am Abend des zwanzigsten Dezember wäre Herr Zilch kurz zur Toilette gegangen und auf dem Flur fast mit der Ramona Oppermann zusammengestoßen, die gerade die Kassette mit den Tageseinnahmen in sein Büro brachte. Kurz nach der Frau Oppermann wäre der Angeklagte mit einem roten Schnellhefter in Herrn Zilchs Büro gegangen und ohne roten Schnellhefter wieder rausgekommen. Der Paradiesvogel tat weiter kund, dass er der Ramona Oppermann dann noch die Post auf die Verkaufstheke gelegt hatte, und die war damit zum Briefkasten gegangen.

„Na klar war die aus dem Haus! Aber nur kurz, der Briefkasten ist nämlich gleich um die Ecke! Der wird abends um halb sieben geleert, und Ramona geht immer ein paar Minuten vorher, damit sie auch pünktlich ist! – Richtig! – Richtig! – Genau! – Ja, als ich mich wieder an den Schreibtisch gesetzt habe, kam gerade der Chef aus dem Büro vom Herrn Zilch. Der Herr Zilch war kurz danach wieder von der Toilette zurück und dann ging das ganze Theater los!"

„Hmmm", grunzte der Richter. Staatsanwalt Krieger rückte seine Krawatte zurecht und verschlang die Zeugin mit einem geradezu obszönen Blick.

Ob sie selbst mal in Herrn Zilchs Büro gewesen wäre, während der auf der Toilette war, wollte Richter Mallbach wissen.

„Nein", zwitscherte der Paradiesvogel, „was sollte ich denn da?"

Staatsanwalt Krieger stierte mit glühenden Augen auf ihre Beine und lauschte der tiefen, rauen Stimme, die dieser Frau etwas herrlich Verruchtes gab.

Ob sie zwischendurch mal gelüftet hätte oder

selbst auf der Toilette gewesen wäre, erkundigte sich Mallbach.

Brigitte Lüsing schüttelte verständnislos den Kopf. Der Richter schrieb ihren Namen auf die linke Hälfte seines Blattes und malte ein dickes Fragezeichen dahinter; auf weitere Auskünfte konnte er verzichten. Dieter Bolch sowieso. Dem war die Sache ohnehin zu verworren. Nur Erwin wollte alles bis ins letzte Detail geklärt haben.

„Frau Lüsing, wissen Sie noch, ob das viel Post war, die an diesem Abend rausging?"

„Gott, was heißt viel? So zwanzig, dreißig Briefe sind es jeden Tag. Dazu die Bestellungen vom Lager, und damals kamen halt noch die Kalender und Kataloge und Prospekte dazu, die der Frank Thull an die Kundschaft verschickt hat. Wieviel das aber insgesamt war, weiß ich nicht. Müssten Sie die Ramona nach fragen!"

„Und der Herr Thull hat das Haus auch bestimmt nicht verlassen, seit er aus dem Büro des Prokuristen gekommen ist?"

„Nein, auf gar keinen Fall! Das hätte ich mitkriegen müssen!"

Mehr hatte Erwin gar nicht hören wollen. Jetzt kam die Reihe an Staatsanwalt Krieger, den der Anblick der Zeugin schon völlig um den Verstand gebracht hatte. Erwin hörte sein Keuchen bis vorn an den Richtertisch und musste wieder an seinen alten Freund Herbert denken. Der hatte meist ebenso gekeucht.

„Frau Lüsing", röchelte der Staatsanwalt, „w-war

außer dem Chef und d-dem Anneklagten noch jemand im B-B-Büro des Herrn Zilch, n-nachdem Frau Oppermann die Kassette – hups! – dort abgestellt hatte?"

Brigitte Lüsing sandte einen unschuldigen Blick zu Krieger hinüber. Dem Ankläger schoss das Blut in den Kopf.

„Nein, das hätte ich sehen müssen. Der hätte an mir vorbei gemusst."

„Dadadankeschön", stotterte Krieger, „i-ich habe keine w-weiteren Fragen."

Die hatte allerdings Rechtsanwalt Schmidtbauer. Ihn ließ der Anblick der Zeugin kalt.

„Sagen Sie, Frau Lüsing, wie hoch ist Ihr Netto-ein-kommen?"

„Neunhundertdreiundsechzig Euro dreißig!" Sie kratzte sich fortwährend über die Oberschenkel und Staatsanwalt Krieger sah hungig auf die roten Streifen.

„Auch nicht die Welt. Sie müssen sehr sparsam leben, Frau Lüsing!" Rechtsanwalt Schmidtbauer hakte seine erste Frage ab.

„Wie man´s nimmt. Ich bin alleinstehend, da komm´ ich mit dem Geld schon zurecht."

„Schon, aber wie!" Der Rechtsanwalt ließ die Spitze seines Kugelschreibers eine Zeile weiter wandern. „Sehen Sie, eine eigene Wohnung, ein Auto, zweimal im Jahr in Urlaub, immer gut gekleidet, sowas geht doch ins Geld! Sie können ja kaum trockenes Brot zu essen haben, wenn Sie das alles von Ihren neunhundertdreiundsechzig

Euro dreißig bezahlen wollen." Schmidtbauer schaute die Zeugin unvermittelt an. „Oder sehe ich das falsch, Frau Lüsing?"

Der Paradiesvogel schnappte nach Luft. Richter Mallbach wollte aufbrausen, änderte dann aber seine Meinung und beschränkte sich darauf, „Hm!" zu sagen.

„Hohes Gericht!", fauchte die Lüsing. „Muss ich mir sowas gefallen lassen? Das ist doch wohl die Höhe!"

Dieter Bolch, nun als Kavalier gefordert, kratzte sich am Kopf. Staatsanwalt Krieger vergaß das Luftholen. Welch eine Frau! Frank Thull atmete stoßweise.

„Frau Lüsing", röhrte der Richter, „was der Herr Verteidiger gefragt hat, ist in dieser Sache durchaus von Bedeutung! Sie müssen darauf antworten!" Er grapschte nach seinem Blatt, schmierte ein zweites Fragezeichen hinter den Namen der Zeugin und unterstrich ihn so feste, dass er das Papier durchdrückte.

„Oooch!", grollte die Lüsing. Und dann, wesentlich gedämpfter: „Ich kann mir mein Geld gut einteilen, wenn Sie das meinen! Auch wenn es nicht viel ist!"

Erwin rechnete damit, dass sie jeden Moment auf den Verteidiger losginge.

„Und vor allem, ich bleibe ehrlich dabei!"

Der Anwalt kritzelte etwas auf sein Blatt. „Das freut uns alle", stichelte er, „etwas anderes habe ich auch niemals behauptet! Danke schön,

Frau Lüsing, ich bin fertig!" Er hakte zwei Zeilen ab und würdigte die Zeugin keines Blickes mehr. Mallbach umkreiste den Namen mit den beiden Fragezeichen dahinter immer wieder mit dem Kugelschreiber, unterschrieb das Formular für die Zeugengebühren und ließ die Lüsing gehen. Staatsanwalt Kriegers Blick klebte auf ihrem Hinterteil, bis sie die Tür des Sitzungssaales hinter sich zuknallte.

Wenn die Lüsing ein Paradiesvogel war, dann war Ramona Oppermann ein Pfau: ein großes, üppiges Rasseweib mit brauner Haut, schwarzen Haaren, schrägstehenden Augen und wiegenden Hüften. Staatsanwalt Krieger schmolz bei ihrem Anblick wie Schnee in der Julisonne. Otto Mallbach war die Glückseligkeit in Person. Dieter Bolch hob die Augenbrauen, weil er dachte, dann sähe er klüger aus. Nur Erwin und Rechtsanwalt Schmidtbauer zeigten sich unbeeindruckt.

„Ja, Herr Staatsanwalt", sprudelte sie los, „ich habe die Kassette mit den Tageseinnahmen, dem Quittungsblock und dem Sammelbon aus der Kasse zu Herrn Zilch ins Büro gebracht und sie auf den Schreibtisch gestellt!"

Sie hatte einen wunderbar harten Zungenschlag. Staatsanwalt Krieger fühlte sein Blut kochen.

„Ich bin nicht der Staatsanwalt", zerfloss Otto Mallbach vor Charme, „sondern der Vorsitzende." Aber Ramona Oppermann war nicht zu bremsen.

„Als ich ins Büro wollte, kam Herr Zilch gerade

raus. Ja, ganz genau, ich war alleine drin. Ich bin zurück zur Kasse, habe die Tanksäulen auf Automatenbetrieb umgeschaltet und aufgeräumt. Dann hat mir Brigitte Lüsing die Post auf die Theke gelegt und kurz danach noch der Frank Thull. Ich bin gleich damit zum Briefkasten am Rathausplatz geflitzt. Als ich wieder zurück war, habe ich die Theke für den nächsten Tag fertig gemacht und dann war auf einmal die Polizei da!"

„Hm", schmatzte der Richter, „was meint sie damit, die Theke für den nächsten Tag fertig gemacht?" Er schob sein vollgeschriebenes Blatt zur Seite und zog ein neues unter dem Schnellhefter hervor.

„Na, alles aufgefüllt, was tagsüber so verkauft wird! Zigaretten, Kaugummis, Cola, Bonbons, Zündkerzen, Telefonkarten, Motoröl …"

„Ja, ja", winkte der Dicke ab, „aber wo hat sie das alles hergeholt?"

„Scheibenwischerblätter, Enteiserspray, Eiskratzer …"

Donnerwetter, durchzuckte es Krieger, hat die ein Temperament!

„Wo Sie das alles hergeholt haben!", brauste Mallbach auf. Sein Doppelkinn bebte, das Gesicht lief dunkelrot an, und die weichen Falten verhärteten sich zu tiefen Kerben. Erwin zuckte zusammen. Wie sowas ausgehen konnte, wusste er von Julius.

„Woher? Na, aus dem Lager! Von wo denn sonst?"

Krieger spielte eine Sekunde lang mit dem Gedanken, sich auf die Zeugin zu stürzen. Bei Richter Mallbach stand das Barometer nach wie vor auf Sturm. „Ach", blökte er, „Sie waren also nochmal weg?"

„Nur im Lager! Die Tür ist gleich neben der Kasse!"

„Das ist mir aber neu", ereiferte sich der Richter, „das ist mir aber ganz neu! Jetzt müsste man nur wissen, jetzt müsste man nur wissen, ob ... ob ..."

Da Dieter Bolch nicht wusste, was man jetzt wissen müsste, blies er die Backen auf und kratzte sich am Kopf.

„Jetzt müsste man nur wissen", murmelte Erwin schon wieder etwas zu laut, „wie gründlich Schreibel und Zilch das Lager durchsucht haben. Und ob die Zeugin nicht vielleicht noch sonstwo war."

„Hm!" Der Richter wischte die Speichelspritzer von seinem Blatt und füllte die rechte Hälfte mit einigen hastig hingeworfenen Zeilen.

„Die Frau heißt `Oppermann´", raunte Erwin ihm zu.

„Bitte?"

„Die Frau heißt `Oppermann´", flüsterte Erwin.

„Sie haben `Thull´ geschrieben!"

Der Fleischberg glupschte auf sein Blatt und gewahrte den Fehler. „Ach ja, natürlich", grollte er, strich den falschen Namen aus und schrieb den richtigen hin. Und unterstrich ihn gleich doppelt.

„Frau Oppermann", setzte Erwin die Befragung fort, „wie lange brauchten Sie bis zu diesem Briefkasten am Rathausplatz und wieder zurück?"

„Vielleicht fünf Minuten!"

„Länger nicht?"

„Nein, länger nicht."

„Und die Post, die Sie rausbrachten, was waren das für Sendungen? Postkarten, Einschreibebriefe, Päckchen oder was?"

„Nein." Ramona Oppermann warf sich die Locken aus dem Gesicht. „Keine Postkarten. Auch keine Päckchen. Nur Rechnungen und Bestellungen und ein paar Weihnachtskarten. Und ein Stoß große Umschläge mit den Katalogen und Prospekten vom Frank Thull."

„Ach so", gab sich Erwin zufrieden. Er hatte keine weiteren Fragen mehr. Auch Staatsanwalt Krieger verzichtete, weil es sonst um seine Beherrschung geschehen wäre, und Rechtsanwalt Schmidtbauer hatte längst alle Punkte auf seinem Blatt abgehakt. Ramona Oppermann konnte somit als Zeugin entlassen werden. Frank Thull klapperte mit den Zähnen, und Erwin konnte sich denken, wieso.

„Harald Rätzig, neunundzwanzig Jahre, Polizeiobermeister, mit dem Angeklagten nicht verwandt und nicht verschwägert!", stellte sich ein schmächtiger, schmieriger Bursche mit der spitzen Nase und dem Gesicht einer Ratte vor. Allein seine schmutzstarrende Uniform ließ menschliche Züge erahnen.

„Ich war am Abend des zwanzigsten Dezember so

gegen neunzehn Uhr mit einem Kollegen im Autohaus Schreibel. Die Tageseinnahmen waren weggekommen, und der Dieb musste noch im Haus sein. Öh … Vom Personal einer! Wir haben die Leute und die Räumlichkeiten durchsucht, aber nichts gefunden. Dann haben wir von allen die Personalien aufgenommen. Öh … Ach ja, und der Herr Schreibel hat uns die Kassette mitgegeben, aus der das Geld gestohlen worden war." Der Mann, der wie eine Ratte aussah und wie eine Ratte roch, zog die Nase. „Öh … Der Herr Schreibel wollte danach weitersuchen, ob er das Geld vielleicht noch findet. Ich habe gesagt, dass in dem Büro nichts angerührt werden soll, bis die Kollegen von der Kripo da waren." Und wieder zog er die Nase.

„Öh … Denen hab´ ich die Sache dann am nächsten Tag gegeben, und die haben das weiter bearbeitet."

Dem Dicken und seinen beiden Schöffen reichte das schon. Staatsanwalt Krieger hatte noch mit dem Eindruck zu kämpfen, den die Zeuginnen auf ihn gemacht hatten, und natürlich mit der inzwischen dreistündigen Alkoholabstinenz, und stellte ebenfalls keine Fragen. So fanden sich denn auf Rechtsanwalt Schmidbauers Blatt noch viele Punkte, die nicht angestrichen waren.

„Sagen Sie, Herr Rätzig, wie lange waren Sie denn am zwanzigsten Dezember im Autohaus Schreibel?"

Der Rattenmensch zuckte mit den Schultern. So eine halbe Stunde, nehme er an, auf die Minute könne er sich aber nicht festlegen..

„'n bisschen knapp für eine gründliche Durchsuchung, finden Sie nicht auch? Erzählen Sie doch mal, was Sie alles durchsuchten!"

Rätzig zog die Nase und berichtete, dass er und sein Kollege in den Schreibtischen und Papierkörben nachgesehen hatten und sich die Handtaschen und die Aktentaschen hatten zeigen lassen, dass bei den Männern die Kleidung abgeklopft worden war, und damit hatte es sich.

„Bei den Männern, soso. Und bei den Damen nicht?"

Nein, öh, da nicht. Sie hatten ja die Handtaschen gesehen, und das reichte ihnen.

„Und sahen Sie auch in die Aktenschränke und in die Regale vom Tankstellenshop, unter die Läufer in den Büroräumen und draußen unter die Fenster?"

Nein, öh, sahen sie nicht. Sowas wäre Aufgabe der Spurensicherung und nicht der Schutzpolizei.

„Durchsuchten Sie auch Herrn Schreibel selbst und sein Büro?"

„Nein", erklärte der Rattenmensch, „das war doch der Geschädigte!"

„Ah ja", spöttelte Schmidtbauer, „wie konnte ich das nur vergessen?" Er hakte seinen letzten Punkt ab, der Schnurrbart sträubte sich, und damit war Rätzig entlasen. Erwin spürte Brechreiz in sich aufsteigen, als der Polizist aus dem Gerichtssaal tippelte. Wahrscheinlich schnurgerade zur nächsten Müllkippe.

Kriminalhauptmeister Hans Born, ein simpler, brutal-biederer Gefolgsmann, groß, fett, unrasiert, mit grauen Strähnen im Haar und dem Gesicht eines Kettenhundes, hatte den Fall weiter bearbeitet. Ersten informatorischen Befragungen im Autohaus Schreibel am Nachmittag des einundzwanzigsten Dezember folgten eingehende Vernehmungen in den Tagen nach Weihnachten. Mehrere Zeugen hatten einen Tatverdacht gegen den Frank Thull ausgesprochen, der zur Tatzeit im Büro des Prokuristen gesehen worden war. Man munkelte auch etwas von einer empfindlichen Geldstrafe, und eine Rückfrage bei der Landesjustizkasse hatte dann ergeben, dass Herr Thull die am siebenundzwanzigsten Dezember bar eingezahlt hatte.

„Hm", brummte der Richter. Der Kettenhund kratzte sich an seinem grauen Stoppelbart.

„Daraufhin wurd´ am neunzehntn Januar die Wohnung des Thull durchsucht unn umfangreichs Bweismadderjal sichergestellt. Gab Aufschluss über seine finanzjelln Verhältnisse. Unn über Finanztransaktionen nachem zwanzigsten Tzember. Der Thull wurd´ auf der Dienststelle erkennungsdienstlich bhandelt. D´ Auswertung der Spurn hat ergem, dat seine Fingerabdrück mit dene aufer Geldkassette übereinstimme. Is dann Haftbefehl ergange. Issaber außer Vollzuch gesetzt worn."

Der Bärbeiß stierte den Richter aus rotunterlaufenen Augen an.

„Hm", sabberte Otto Mallbach. „Noch Fragen an den Zeugen?"

Erwin hatte keine und Dieter Bolch sowieso nicht.

Staatsanwalt Krieger konnte sich kaum aufrecht halten, räusperte sich mehrmals und sah den Kettenhund nur verschwommen.

„S-Sagen Sie, Herr Born, ha-haben Sie bei dieser D-

Durchsuchung ein Sparbuch gefunden? Vi-Vielleicht eines auf einen anderen Namen als d-den des Anneklagten?"

Born fletschte die Zähne. „Nee. Nur Kontoauszüsch, Rechnunge, Quittunge unn Mahnunge. Sons nischt."

Dadadanke", lallte Krieger und verbeugte sich ebenso überschwenglich, wie es Erwins Freund Herbert immer getan hatte. Rechtsanwalt Schmidtbauer unterdrückte ein Grinsen.

„Wo fanden Sie denn diese Unterlagen, Herr Born?"

Der Kriminalhauptspurensicherer zog den Kopf ein und stützte sich mit seinen Pfoten auf den Knien ab. „Inner Schublade. Innem Schreibsekretär. Im Wohnzimmer."

„Soso, in einem Schreibsekretär. Suchten Sie eigentlich auch nach Bargeld?" Schmidtbauer lächelte zuvorkommend, sträubte aber den Schnurrbart.

„War keins da."

„Soso. Und wie war es mit Schmuck oder Wertsachen?"

„Warn keine da."

„M-hm. Warn keine da! Und wie sah es aus mit einem Kraftfahrzeugbrief oder einer Lebensversicherungspolice?"

Born hatte Schaum vor dem Mund und schien jeden Moment auf Schmidtbauer losgehen zu wollen.

„Warn keine da!"

„Sowas findet man aber doch in jedem Haushalt", gab sich der Anwalt unerschrocken. „Kam Ihnen nicht die Idee, dass solche Sachen woanders aufbewahrt worden wären? Etwa in einer Buchkassette? Suchten Sie nach einer solchen Buchkassette?"

„Nee", brummte der Stoppelbart.

„Wissen Sie eigentlich", fragte Schmidtbauer scheinbar beiläufig, „von wie vielen Personen man Fingerabdrücke auf der Stahlblechkassette feststellen konnte?"

Born kratzte sich am Hinterkopf, als habe er Flöhe.

„Von sechs. Warn noch mehr drauf. Konntmer aber nichmehr verwertn. Weilse überlagert warn."

„Und was schließen Sie daraus, Herr Born?"

„Hä?"

„Ja, was schließen sie aus der Zahl der Fingerabdrücke?"

„Dat mindstens sechs verschiedne Leut die Kassette angetatscht ham."

„Aber nur von dem Angeklagten wurden Fingerabdrücke genommen, nicht wahr?"

„So isses. War ja der einzig Verdächtige." Born kratzte sich nochmals.

„Genau das ist ja das Tragische an dieser Sache", seufzte Schmidtbauer und hakte den letzten Punkt auf seinem Blatt ab. „Ich habe keine weiteren Fragen mehr!"

Born knurrte bösartig, ließ sich die Zeugenladung abzeichnen, schaute den Angeklagten blutrünstig an und stapfte hinaus. Wie seinem Opfer zumute gewesen sein mochte, als es sich diesem Ungeheuer ausgeliefert sah, konnte Erwin gut nachempfinden.

„Hm", schleimte der Richter und schaute auf seine Armbanduhr. „Halb zwölf! Wir verlesen noch die Urkundenbeweise und das Gutachten des Landeskriminalamtes und machen dann Mittagspause!" Er zog den Aktenordner zu sich herüber und blätterte scheinbar ziellos darin herum.

„Ah, hier ist es ja!"

Es, das waren mehrere Kontoauszüge, die er pedantisch genau verlas, eine Mahnung der Hausverwaltung wegen der Heizkosten, eine Rechnung über einen Satz Winterreifen mit Felgen und einige Einzahlungsquittungen: eine Zahlung an die Landesjustizkasse, eine an die Hausverwaltung, eine auf das Darlehenskonto bei der Bank. Alles in allem fünfzehntausendfünfhundert Euro.

„Und Sie bleiben dabei", seiferte der Dicke, dass Sie dieses Geld von Ihrer Frau und von den Schwiegereltern hatten?"

„Ja, Herr Vorsitzender." Frank Thull sprach so leise, dass man die Worte eigentlich nur ahnen und nicht hören konnte.

„Hmmm."

Anschließend verlas Otto Mallbach das Gutachten des Landeskriminalamtes, wonach Fingerabdrücke von sechs Personen auf der Stahlblechkassette festgestellt worden waren. Eine dieser Personen war der Angeklagte.

„Jetzt sagen Sie mal", quakte der Fleischberg, „wieso Ihre Fingerabdrücke an die Kassette kommen! Kassiererin ist doch die Frau Oppermann! Was hatten denn Sie an der Kassette zu schaffen?" Mallbachs Augen verschwanden fast hinter den Fettpolstern. Die Sehnsucht nach einer Schweinshaxe ließ sich kaum länger verbergen.

„Die Kassette steht den ganzen Tag hinter der Theke, Herr Vorsitzender! Das weiß jeder im Betrieb! Wenn die Leute Quittungen oder sowas haben, legen sie sie da rein, und die Frau Oppermann bringt sie abends zusammen mit dem Geld zum Herrn Zilch. Das kommt eigentlich jeden Tag vor. Etwa, wenn der Meister Waren angenommen und die Zustellkosten bezahlt hat. Oder, wenn wir für ´nen Kunden ein Auto zulassen und die Gebühren vorlegen. Als am zwanzigsten Dezember der Jahreswagen wegging, kam die Quittung ebenfalls gleich in die Kassette. Allerdings nur die Quittung und nicht das Geld. Das lag bei der Frau Oppermann in der Kasse." Frank Thull lächelte verzweifelt.

„Damit wissen wir, woher die Fingerabdrücke kommen!" Nicht nur der Schnurrbart, sondern auch Haare und Augenbrauen Schmidtbauers sträubten sich wild. Richter Mallbach atmete schwer, strich ein Eselsohr seines Blattes gerade und heftete die Notizen mit dem Klipp des Kugelschreibers aneinander.

„Mittagszeit! Wir unterbrechen die Sitzung bis vierzehn Uhr! Ich habe für dann die Frau Thull und die Frau Rüsenberg geladen. Anschließend können wir wohl die Plädoyers halten und zum Ende kommen."

Otto Mallbach erhob sich mit der Eleganz eines Nilpferdbullen und trampelte ins Beratungszimmer. Schöffe Bolch sprang flink wie ein Äfflein hinterher. Als Erwin seinen Stuhl an den Richtertisch rückte, sah er Rechtsanwalt Schmidtbauer begütigend auf den Angeklagten einreden. Auch Staatsanwalt Krieger war glücklich auf die Beine gekommen. Als er aus dem

Gerichtssaal torkelte, stieß er gegen einen Stuhl.

Da die Mittagspause zu knapp war, um zum Essen nach Hause zu fahren, besuchte Erwin den „Badischen Hof" in der Altstadt. Er fand einen freien Ecktisch, wählte ein Pfeffersteak und einen Apfelsaft und nutzte die Zeit, bis das Essen serviert wurde, um sich ein wenig im Lokal umzuschauen. Vier Bedienungen sind zu wenig, überlegte er. Neun Tische für jeden Kellner und jede Kellnerin, wie wollen die das schaffen! Eine Servererin schob ihr Tablett mit leeren Gläsern hinter den Tresen. Der Wirt, ein dicker Mann mit Halbglatze und energischem Gesicht, schien ganz in die Debatte mit einem Gast vertieft, zapfte zugleich Bier und beachtete sie nicht weiter. Wie mochte er wohl aus der Wäsche schauen, wenn nachher seine Kasse leer wäre? Wer käme dann alles in Verdacht? Eine der Kellnerinnen? Der Ober? Jemand vom Küchenpersonal? Die Toilettenfrau? Oder gar einer der Gäste?

„Besten Dank", krächzte Erwin, als ihm der Ober auftrug. Das Steak vom Holzkohlengrill zerging fast auf der Zunge, gleichwohl hatte er keinen rechten Appetit. Viel Geld konnte jeden verleiten, das galt im Autohaus Schreibel ebenso wie hier im Badischen Hof oder in seinem eigenen Lokal. Zu beklagen war, wer einer solchen Versuchung erlag … aber zu bestrafen war, wer die Gelegenheit erst schuf, wer Geld unbeaufsichtigt und offen herumliegen ließ! Wer einen anderen in Versuchung führt, ist ebenso schuldig wie derjenige, der ihr erliegt, überlegte Erwin. Und der brauchte noch nicht einmal Schulden bis über beide Ohren zu haben wie dieser Junge – der Verteidiger ließ völlig zu Recht anklingen, dass auch jeder der anderen das Geld gut hätte gebrauchen können! Was wäre dabei herausgekommen, wenn sich der verwahrloste Born und der trunksüchtige Krieger einem von ihnen an die Fersen geheftet hätten? Wusste man, ob die Lüsing nicht in einem ständigen Engpass steckte? Zilch hatte drei Kinder, da konnte man jeden Cent brauchen. Und die Oppermann? Wieviel mochte sie verdienen, wieviel für Miete, Wohnungseinrichtung und Auto aufbringen müssen? Dass Schreibel nicht auf das Geld von seiner Versicherung gespuckt hätte, hatte er selbst ohne Umschweife zugegeben …

Erwin nahm einen Schluck Saft. Schon mancher war für wesentlich weniger als achtzehntausend Euro zum Dieb geworden, hatte der Versuchung des Augenblicks nicht widerstehen können und sich zu einer Kurzschlusshandlung hinreißen lassen. Selbst so erzbiedere Heilige wie Otto Mallbach, Staatsanwalt Krieger oder der Schöffe Bolch waren davon nicht auszunehmen, und Leute wie seine alten Freunde Julius und Herbert oder er selbst natürlich ebensowenig. Je lauterer und fleckenloser ein Charakter, desto extremer konnte er umschlagen.

„Möchten Sie noch einen Saft?" Der Ober angelte das leere Fläschchen vom Tisch. Er war ein noch junger Mann, etwa ebenso alt wie der Angeklagte, genau so groß, genau so blass und mit den gleichen traurigen Augen. Ob er wohl auch für eine Familie sorgen musste? Erwin legte sein Besteck auf den Teller.

„Nein, danke schön. Keinen Saft mehr. Aber wenn Sie

gleich abräumen, bringen Sie mir bitte einen Mokka mit."

„Sehr wohl." Der Ober nickte höflich und verschwand zwischen den Tischen. Erwin tupfte sich mit der Serviette den Mund ab.

Man konnte Frank Thull durchaus glauben, dass er das unschuldige Opfer eines falschen Verdachts geworden war – wenn er nicht plötzlich so viel Geld gehabt hätte! Fünfzehneinhalbtausend Euro! Erwins Herz krampfte sich zusammen, als er daran dachte, wie verzweifelt der Junge seine Unschuld beteuert hatte. Wie ihm zumute war, wusste er genau; er kannte dieses mulmige Gefühl nur zu gut. Viel zu gut sogar. Von der Aussage der Frau und der Schwiegermutter hing für Frank Thull alles ab, seine Freiheit und damit auch das Wohl und Wehe seiner Familie. Nach dem Verlauf, den der Prozess bisher genommen hatte, war es klar, dass es hier um Kopf und Kragen ging, um Gefängnis oder Freispruch, dazwischen gab es nichts mehr. Die Verurteilung zu einer Geld- oder Bewährungsstrafe war unmöglich geworden, nachdem der Angeklagte alles abstritt und sein Anwalt die übrigen Zeugen unverhohlen als Tatverdächtige hingestellt hatte.

„Ihr Mokka, bitte schön!" Der Ober stellte das Gedeck auf den Tisch. „Hat Ihnen das Pfeffersteak geschmeckt?"

„Hervorragend", lobte Erwin, „ganz hervorragend! Meine Empfehlung an die Küche! Und machen Sie mir bitte die Rechnung!"

„Sofort." Der Ober nahm seinen Block aus der Tasche, rechnete zusammen und legte den Bon auf die weiße Tischdecke.

„Achtzehn neunzig, bitte!"

Erwin klaubte einen Zwanzigeuroschein aus seinem Portemonnaie. „Bitte. Es stimmt so."

„Danke schön", flötete der Ober, steckte das Geld ein und eilte zum nächsten Tisch.

Erwin trank in aller Ruhe seinen Mokka aus, stand auf und rückte den Stuhl gerade. Er fühlte sich jetzt wach und frisch, und er wusste, dass er nun wach und frisch sein musste. Es ging jetzt in die entscheidende Phase, darum, ob Frank Thull zu seiner Frau, seiner kleinen Tochter und in seine schmucke Eigentumswohnung zurückkehren durfte oder ob eine düstere Gefängniszelle auf ihn wartete.

Auf dem Rückweg zum Gericht musste sich Erwin ganz schön sputen, um noch trocken anzukommen; ein böses Gewitter war im Anmarsch, der Himmel ganz zugezogen und der Flur vor dem Sitzungssaal noch grauer, dunkler und unheimlicher als am Vormittag. Es roch nach kaltem Rauch und vermoderten Akten, und als Staatsanwalt Krieger in den Gerichtssaal stelzte, auch nach billigem Schnaps. Der Ankläger schien aggressiv und kampfbereit, woran die zum Mittagessen genossenen geistigen Getränke sicherlich ihren Anteil hatten.

„So", gab sich Richter Mallbach aufgeräumt, als er im Beratungszimmer die Robe überzog, „wollen sehen, dass wir endlich fertig werden! Das mit den vielen Zeugen, das zieht sich vielleicht!" Mit dem schwabbelnden Doppelkinn wirkte er wie ein gütiger Großvater.

„Waren Sie zu Hause", heuchelte er Interesse, „oder haben Sie in der Stadt zu Mittag gegessen?"

„Ich war daheim", fispelte Dieter Bolch, „hab´s ja nicht weit!"

„Ich war in der Altstadt, im `Badischen Hof´. Ein sehr schönes Lokal, muss ich sagen."

„Ich war auch zu Hause", schleimte der Dicke. „Ich habe zusammen mit meiner Frau und meiner Tochter zu Mittag gegessen." Seine Schweinsaugen nahmen einen zärtlichen Glanz an, genau wie bei Erwins Freund Julius, wenn der von seiner Tochter erzählt hatte. Zu Erwins Leidwesen hatte er ständig von ihr erzählt.

„Wir wollen reingehen", bestimmte der Richter und stolzierte in den Sitzungssaal. Krieger, Schmidtbauer, der Angeklagte, zwei Frauen und Walter Schreibel hinten im Zuhörerraum standen artig auf.

„Bitte nehmen Sie Platz!" Der Dicke zog die Brauen hoch und maß die Frauen mit einem hoheitsvollen Blick.

„Frau Thull?"

Die Jüngere nickte.

„Und Frau Rüsenberg?"

„Ja, Herr Präsident!", kam es mutig. Staatsanwalt Krieger grinste malziös.

„Frau Rüsenberg", grunzte der Richter, „ich muss Sie bitten, draußen zu warten, bis Sie aufgerufen werden!" Er klappte den Aktenordner auf, stöpselte den Kugelschreiber ein und lächelte verzückt.

„Bitte schön, Frau Thull, nehmen Sie doch hier vorne

auf diesem Stuhl Platz! Sie heißen Karin Thull?"

„Ja. Ich heiße Karin Thull." Die Stimme verhieß nichts Gutes.

„Sie sind die Ehefrau des Angeklagten?"

„Ja. Ich bin die Ehefrau des Angeklagten."

Der Richter schrieb etwas auf sein Blatt.

„Und wie alt ist sie?"

„Neunundzwanzig Jahre."

„Neunundzwanzig Jahre. Hm. Und was ist sie von Beruf?"

Karin Thull gewahrte Kriegers gierigen Blick und lief dunkelrot an.

„Verkäuferin", zischte sie, „jetzt im Erziehungsurlaub."

„Verkäuferin und jetzt im Erziehungsurlaub. Hm." Mallbachs fettes Gesicht leuchtete vor Glückseligkeit.

„Frau Thull, sie weiß, was ihrem Mann vorgeworfen wird. Zur Wahrheitsfindung müssen wir sie als Zeugin hören. Sie ist die Ehefrau des Angeklagten, und als seine Ehefrau darf sie die Aussage verweigern. Allerdings, wenn sie etwas bezeugt, dann muss das, was sie uns erzählt, auch stimmen, sonst macht sie sich strafbar."

Der Dicke strahlte wie ein Honigkuchenflusspferd, und es hätte Erwin nicht gewundert, wenn er zu der Frau hingewatschelt wäre und sie in den Arm genommen hätte. Erwin wusste dieses Lächeln richtig einzuschätzen. Einer Wettervorhersage im April traute er hundertmal mehr als der Herzlichkeit eines Richters.

„Wie will sie es halten?" lockte der Fleischberg. „Will

sie aussagen?"

„Nein!"

Der Richter zuckte zusammen, als hätte er eine Ohrfeige erhalten.

„Nein? Sie meint … Sie meinen …"

„Ich meine nein!"

In Kriegers Augen blitzte es auf. Eine tolle Frau!

„Frau Thull", säuselte der Richter, „wir … äh …"

„Nein, Herr Richter!" Karin Thull sprühte Feuer und Flammen. „Mein Mann hat das Geld nicht gestohlen! Das habe ich denen von der Polizei lange und breit erklärt, und was ich da gesagt habe, ist richtig! Wenn Ihnen das nicht reicht, tut´s mir leid! Ich sage jedenfalls kein Wort mehr und will endlich meine Ruhe damit haben!"

„Hm!" Mallbachs Schläfenadern schwollen fingerdick an. All sein freundliches Getue hatte nichts genutzt; dieses Luder verweigerte die Aussage, sagte nichts, was seinem Mann nutzen, und erst recht nichts, was ihm irgendwie schaden konnte. Staatsanwalt Krieger fuhr sich mit der Zunge über die Lippen. Frank Thull spähte hinaus in den Regen.

„Nun ja!" Der Fleischberg kochte vor Wut. „Damit wäre Ihre Vernehmung bereits beendet!" Er drehte der Protokollführerin das fette Gesicht zu und holte tief Luft. „Schreiben Sie: Die Zeugin wurde ordnungsgemäß belehrt und erklärt: `Ich verweigere die Aussage!´ Hm!" Die Abfuhr lag ihm schwer im Magen. „Sie können gehen!", knurrrte er. „Die Frau Rüsenberg soll reinkommen!"

Die Tür knallte ins Schloss. Mallbach kritzelte „Keine

Aussage!" auf sein Blatt und umkreiste die Worte immer wieder mit dem Kugelschreiber. Frank Thull schien aufzuatmen. Rechtsanwalt Schmidtbauers Schnurrbart verriet keinerlei Gefühlsregungen.

Die Zeugin Irmgard Rüsenberg war eine verhärmte Frau in den Fünfzigern, die in ihrem ganzen Leben noch nichts mit der Justiz zu schaffen gehabt hatte. Sie starrte den Fleischberg an wie das Kaninchen die Schlange und musste all ihren Mut zusammennehmen, um dem hohen Gericht Rede und Antwort zu stehen. Über den Schwiegersohn wusste sie nichts Nachteiliges zu sagen; er wäre fleißig, solide und bescheiden, immer geradeheraus und ehrlich, rackere sich für die Familie ab und lese ihrer Tochter jeden Wunsch von den Augen ab. Sie und ihr Mann hätten ein sehr gutes Verhältnis zu Tochter und Schwiegersohn, sagte Frau Rüsenberg; die Kinder wüssten, dass sie sich mit allem an sie wenden könnten, und wenn´s eng geworden wäre, dann hätten sie schon geholfen.

„Frau Rüsenberg", zwang sich der Dicke zur Ruhe, „ich habe eigentlich nur eine einzige Frage an Sie: Machten sie und Ihr Mann der Tochter und dem Schwiegersohn voriges Jahr zu Weihnachten ein Geldgeschenk?"

„Ja, Herr Präsident!" Die kleine Frau schaute den Fettwanst in der Samtrobe furchtlos an. „Fünftausend Euro, dazu einige Babysachen, sonst nichts! Wir dachten, die Kinder können das Geld gut gebrauchen, jetzt, wo die Kleine da ist und der Junge eine Strafe bezahlen muss! Da wollten wir helfen!"

„Hm", ächzte der Dicke. „Und ich wollte mehr gar nicht wissen." Er glotzte erst seine beiden Schöffen und dann den Ankläger müde an. „Haben Sie noch eine Frage, Herr Staatsanwalt? Herr Staatsanwalt!"

Krieger, schon halb eingenickt, zuckte zusammen und schüttelte den Kopf.

„Und Sie, Herr Verteidiger?"

„Ja, ich habe noch ein paar Fragen." Schmidtbauer drückte die Schnurrbartspitzen nach unten. „Frau Rüsenberg, wissen Sie, ob Ihre Tochter ein Sparbuch hat?"

Erwin und der Dicke wurden hellhörig. Staatsanwalt Krieger spitzte die Ohren. Selbst Dieter Bolch tat, als begreife er den Sinn der Frage. Nur Frau Rüsenberg wusste nicht so recht, worum es ging.

„Ein Sparbuch? Sicher hat unsere Karin ein Sparbuch! Bei der Kreissparkasse!"

„Aha. Und wissen sie auch, wie lange sie dieses Sparbuch schon hat?"

Die kleine Frau überlegte lange.

„Seit sie aus der Schule ist! Mein Mann hatte ihr das Sparbuch angelegt, und sie hat immer fleißig gespart von ihrem Lehrlingslohn und ihrem Gehalt. Unsere Karin ist nämlich sehr sparsam, müssen Sie wissen!"

„Hm", sagte der Richter, suchte seine Notizen über die Vernehmung des Angeklagten und malte irgendwo einen breiten Balken an den linken Rand.

Da niemand mehr etwas von der Zeugin wissen wollte, durfte sie gehen. Mallbach entließ Frau Rüsenberg mit einem undurchsichtigen Grunzen, malte den Balken auf seinem Blatt stärker aus, zerrte endlich einen frischen Bogen aus dem Aktenordner und plusterte sich auf wie ein Truthahn.

„Hm! Noch irgendwelche Beweisanträge?"

„N-Nein!" Staatsanwalt Krieger breitete drei eng bekritzelte Blätter vor sich aus. Rechtsanwalt Schmidtbauer strich seinen Schnurrbart gerade und schüttelte den Kopf. Frank Thull schlotterte vor Angst.

„Gut. Dann erkläre ich hiermit die Beweisaufnahme für geschlossen." Der Dicke musterte den Jungen mit eingehender Sorgfalt. „Herr Thull, im Zentralregister haben Sie eine Vorstrafe stehen. Hundertzwanzig Tagessätze zu fünfzig Euro. Um was ging es da?"

„Geschwindigkeitsüberschreitung und rechts überholen auf der Autobahn, Herr Vorsitzender!"

„Hmmm." Mallbach wischte den Speichel von seinem Kinn, lehnte sich in den Stuhl zurück und machte eine einladende Handbewegung zu dem Ankläger hinüber.

„Dann können wir ja mit den Plädoyers anfangen. Bitte, Herr Staatsanwalt!"

Krieger rückte die Krawatte gerade, griff nach seinen Blättern, zog sich am Tisch hoch und plädierte wie im Blutrausch: An der T-Täterschaft des Anneklagten könne n-nicht der geringste Zweifel bestehen. Er ha-habe sich zum Tatzeitpunkt in einer hoffnungslosen finanziellen Lage befunden und das in ihn gesetzte Vertrauen schändlich missbraucht. D-dass er allein im Büro des Prokuristen gewesen wäre, stünde fest. Seine Fingerabdrücke, die man auf der Geldkassette gefunden hätte, sprächen Bände. Und gleich nach der Tat habe er – hups! – über sehr viel Geld verfügt, dessen

Herkunft er nicht belegen könne. Das Märchen mit dem Sparbuch sei eine Verhöhnung des Gerichts, und bezeichnenderweise wäre ein solches Sparbuch bei der Hausu-Haudusch-Hausdurch-suchung nicht gefunden worden. Staatsanwalt Krieger maß den Angeklagten mit einem boshaften Grinsen.

„Dieser Mann", polterte er, „hat sich durch sein hahartnäckiges Leugnen alles verscherzt! Noch immer – hups! – steht er nicht zu seiner Tat! Stahattdessen versucht er sogar, seine Kolleginnen und Kollegen und sogar den Geschädigten selbst als mögliche Täter hinzustellen! A-a-alleine dieses Verhalten bezeugt seine schäbige und niedere Gesinnung! Die Zeugen sind achtbare und rechtschaffene Leute!"

Dessen bin ich mir gar nicht so sicher, dachte Erwin.

Krieger rückte nochmals die ehedem saubere Krawatte gerade, ehe er mit präzise geschliffenen Worten zum entscheidenden Stoß ansetzte. „Hätte der Angeklagte das nötige Rückgrat gezeigt und sich zu dem Diebstahl bekannt, wäre durchaus noch eine Freiheitsstrafe im bewährungsfähigen Rahmen diskutabel gewesen! Davon allerdings kann nun keine Rede mehr sein! Angesichts der Vorstrafe, angesichts des hohen Unrechtsgehaltes der gegenständlichen Tat und vor allem angesichts des Verhaltens des Angeklagten danach halte ich eine Freiheitsstrafe von zwei Jahren ohne Bewährung für schuldangemessen!" Krieger reckte sich hoch auf, als jedoch niemand einen Trinkspruch ausbrachte, verschluckte er nur ei-nen fetten Rülpser und pflanzte sich wieder auf seinen Stuhl.

Selbst der Protokollführerin war aufgefallen, dass

der Ankläger am Schluss seiner Büttenrede kein einziges Mal gelallt oder gestottert hatte. Ein käseweißer Frank Thull biss sich so feste auf den Lippen herum, dass sie ihm eigentlich in Fetzen vor dem Mund hängen mussten. Richter Mallbach schnitt ein höchst betroffenes Gesicht und flehte zu Luzifer, dass sich wenigstens Rechtsanwalt Schmidtbauer kurz fassen möge.

„Bitte schön, Herr Verteidiger!"

Schmidtbauer dankte ihm und stand auf. Die Schnurrbartspitzen hingen ihm wie gesenkte Trauerfähnchen über die Mundwinkel.

„Gelegenheit macht Diebe", begann er betrübt, „und Gelegenheit gab es im Autohaus Schreibel genug. Mehr als genug sogar! Jeder, der dort arbeitete, konnte das Büro des Prokuristen betreten oder an der Geldkassette hinter der Theke herumfingern, ohne dass es Aufsehen erregt hätte! Die zahlreichen Fingerbdrücke sprechen wohl für sich!"

Zunächst einmal, ereiferte sich Schmidtbauer, sei festzuhalten, dass die Polizei sehr, sehr oberflächlich ermittelt habe. Weder hätte man es für nötig befunden, die beiden Zeuginnen zu durchsuchen, noch das Büro des Chefs oder gar das ganze Firmengelände. Als daraufhin der Geschädigte versucht hätte, selbst etwas Licht in die Sache zu bringen, wäre diese unselige Verdächtigerei losgegangen.

„Wir wissen doch alle, wie sowas ist: In einer solchen Situation braucht nur einer den leisesten Verdacht auszusprechen, und schon findet jeder etwas, was diesen Verdacht noch erhärtet!" Schmidtbauer machte eine Kunstpause und schaute einen nach dem anderen an, Erwin besonders lange. „Was glauben Sie, was dabei herausgekommen wäre, wenn sich ein Anfangsverdacht nicht gegen meinen Mandanten gerichtet hätte, sondern etwa gegen die Frau Lüsing oder die Frau Oppermann, den Herrn Zilch, Herrn Schreibel selbst oder eine der anderen Personen, die im Bürotrakt ein- und ausgehen konnten!" Schmidtbauers grauer Schnurrbart bog sich nach oben. „Die Verdachtsmomente passen auf jeden! Jeder war an dem fraglichen Abend in Herrn Zilchs Büro gewesen! Jeder konnte unbesehen an die Kassette! Und jeder hätte die achtzehntausendeinhundert Euro gut gebrauchen können! Jeder! Ich werde mich hüten, auf einen von ihnen mit dem Finger zu zeigen und zu sagen: Der war´s! Aber ich kann auf jeden einzelnen zeigen und sagen: Der könnte es ebensogut gewesen sein!" Und hier müsse er nun ganz eindringlich darauf hinweisen, fauchte Schmidtbauer, dass sein Mandant und nur sein Mandant der einzige sei, der von vornherein als Täter ausscheide. Was ihn von den anderen – „Ich vermeide das Wort `Tatverdächtigen´!" – abhebe sei die Tatsache, dass er im Gegensatz zu ihnen keine Möglichkeit gehabt habe, die Beute irgendwie aus dem Haus zu schaffen.

„Das lässt der Herr Staatsanwalt völlig außer Acht!" wetterte Schmidtbauer. „Stattdessen will er die Täterschaft meines Mandanten dadurch erwiesen sehen, dass dieser nach Weihnachten seine Schulden bezahlte! Eine solche Argumentation erscheint mir nun doch ein wenig weit hergeholt, finden Sie nicht?"

229

Frank Thulls Einlassung, woher er das Geld gehabt hätte, sei glaubhaft und im Übrigen von der Frau Rüsenberg bestätigt worden, nicht nur, was das Geldgeschenk angehe, sondern auch, was das Sparbuch und die Ersparnisse der Frau Thull betreffe. Seine Erklärung, warum er diesen Notgroschen nicht vorher angerührt habe, bedürfe wohl keiner weiteren Erörterung.

„Sehen Sie", lächelte Schmidtbauer, „ich selbst habe auch ein Sparbuch mit einem kleinen Polster, obwohl noch eine Hypothek auf meinem Haus liegt und ich mein Auto auf Raten gekauft habe. Bin ich deswegen ein potentieller Dieb?" Er schob zwei seiner Blätter zur Seite. Der Fleischberg grunzte missmutig.

„Mein Mandant bestreitet die ihm zur Last gelegte Tat", resümierte Schmidtbauer, „seine Angaben sind glaubhaft und konnten ihm in keinem einzigen Punkt widerlegt werden. Zudem richtet sich gegen eine ganze Anzahl von Zeugen ein mindestens ebenso starker Tatverdacht! An einer Täterschaft des Herrn Thull müssen somit ganz erhebliche Zweifel bestehen und deshalb beantrage ich für ihn einen Freispruch mit der gesetzlichen Kostenfolge!"
Schmidtbauer verneigte sich zackig. Richter Mallbach sagte: „Hm", und sah den Angeklagten pikiert an.

„Herr Thull", schleimte er endlich, „Sie haben das letzte Wort. Möchten Sie noch etwas sagen?"

Der Junge nickte matt. Erwin spürte seine Verzweiflung, als wäre er selbst es, der dort stand.

„Ich möchte mich den Ausführungen meines Verteidigers anschließen." Frank Thulls Stimme zitterte. „Ich habe das Geld nicht genommen, bitte glauben Sie mir doch! Wenn ich es getan hätte, dann stünde ich auch dazu! Aber ich war es nicht! Wenn sie mich verurteilen, dann tun Sie mir Unrecht!"

Der Junge wollte wohl noch etwas sagen, brachte aber keinen Ton mehr heraus. Seine großen Augen schimmerten feucht. Richter Mallbach wischte sich den Speichel vom Mund und stand auf.

„Wir ziehen uns zur Urteilsberatung zurück", röhrte er, griff nach seinen Akten und watschelte ins Beratungszimmer. Dieter Bolch tippelte mit hängenden Armen und krummen Beinchen um ihn herum. Als Erwin die Tür hinter sich ins Schloss zog, sah er Rechtsanwalt Schmidtbauer die Robe abstreifen und Staatsanwalt Krieger aus dem Sitzungssaal stolpern.

„Hm", quiekte der Richter und warf seine Robe auf einen der Plastikstühle. „Bitte machen Sie sich´s gemütlich!" Er breitete seine Mitschriften vor sich aus, stöpselte den Kugelschreiber ein und massierte seinen fetten Bauch.

„Also wenn ich das Ganze mal zusammenfassen darf", begann er, „dann dürfte die Sache wohl klar sein. Ein Motiv liegt offen auf der Hand, und zwar die finanzielle Notlage. Soweit sind wir uns doch einig, oder?"

„Nein", sagte Erwin.

„Nein? Aber – "

„Nein", wiederholte Erwin. „Der Mann hatte Schulden und brauchte Geld, mehr aber auch nicht. Deshalb muss er noch lange kein Dieb sein."

Mallbach wollte etwas einwenden, aber Erwin ließ ihn erst gar nicht zu Wort kommen. „Herr Bolch, Sie sagten heute morgen, dass Sie vier Kinder haben, von denen zweie studieren?" Er maß das Äfflein mit einem eindringlichen Blick. „Die kosten doch Geld, oder?"

„Und ob!" Dieter Bolch nickte stolz. Wie sehr er sich für seine Familie aufrieb, sollte nicht unter den Teppich gekehrt werden!

„Ich habe natürlich keine Ahnung, Herr Bolch, wie gut Ihr Geschäft geht", holte Erwin etwas weit aus. „Ich hoffe, gut – "

„Oh ja", strahlte das Äffchen.

„– aber Sie haben bestimmt auch schon Zeiten gehabt, in denen die Aufträge dünner waren und Sie mit jedem Euro rechnen mussten, oder?"

„Das ist richtig", pisperte Bolch. Der Fleischberg rollte mit den Augen.

„Und vergreifen Sie sich deshalb an fremdem Geld?" ging Erwin zum Frontalangriff über.

„Na hörnse mal!"

„Eben", schmeichelte Erwin. „Sie wären der Letzte, hinter dem ich das suchen würde! Also ich finde, an diesem Punkt sollten wir uns wirklich nicht hochziehen! Wenn wir jeden verdächtigen wollen, nur weil er Familienvater ist und Schulden hat, dann gut´ Nacht!" Zum Zeichen seiner Zustimmung schürzte Dieter Bolch die Lippen. Nur der Dicke schien keineswegs überzeugt.

„Das ist es ja nicht alleine", beharrte er. „Die Fakten kommen doch erst noch! Tatsache ist, dass Thull alleine im Büro des Prokuristen war, als die Geldkassette offen auf dem Tisch stand …"

„Leichtsinnig von dem Schreibel!", plärrte Bolch. „Sträflich leichtsinnig sogar!"

Der Dicke ignorierte das. „Aber seine Fingerabdrücke auf der Kassette! Was, bitte schön, haben die darauf zu suchen?"

„Das hat er uns doch gesagt", fuhr ihm Erwin in die Parade.

„Und dieses Märchen nehmen Sie ihm ab?"

„Ja, Herr Mallbach, das nehme ich ihm ab. Und dass es ein Märchen ist, glaube ich keineswegs!"

Erwin blieb völlig ruhig, doch seine Augen funkelten, dass es dem Dicken eiskalt den Rücken herunterlief. Warum, um alles in der Welt, warum setzte sich dieser Gastwirt so sehr für den Angeklagten ein?

„Sehen Sie, bei mir im Restaurant steht auch eine Kasse, an die mehrere Leute dran können und in der auch immer Geld ist. Ich nehme an, Herr Bolch, bei Ihnen auch, oder?"

„Das stimmt", pispelte Bolch.

„Gewiss, es müssen keine achtzehntausend Euro sein, die drin liegen – "

„Achtzehntausendeinhundert", verbesserte der Dicke.

„Meinetwegen auch achtzehntausendeinhundert. Und es müssen auch gar keine fünf, sechs oder was weiß ich wie viele Leute sein, die an das Geld ran-können. Zweie reichen schon!" Erwin drehte sich wieder zu dem Bauunternehmer herüber.

„Herr Bolch, wenn Sie nachher in Ihren Betrieb kommen und die Kasse ist leer, können Sie dann mit hundertprozentiger Gewissheit sagen, das kann nur der Kassierer gewesen sein? Oder hätten nicht auch die Sekretärin oder Ihr Prokurist in die Kasse greifen können?"

Bolch tat etwas vollkommen Ungewohntes: Er dachte nach.

„Sicher, das könnten die! Aber bei mir klaut keiner!"

„Das hatte Schreibel bis zum zwanzigsten Dezember auch geglaubt", platzte der Dicke heraus.

„Ganz recht", nahm Erwin Mallbachs Wort auf. „Er hatte! Inzwischen ist er bestimmt etwas vorsichtiger geworden und ich wette, er traut keinem seiner Leute mehr über den Weg! Wenn Sie mich fragen, zu Recht! Schließlich passen die Verdachtsmomente, die gegen den Jungen sprechen, auch auf jeden der anderen! Alle konnten sie in Zilchs Büro! Alle konnten sie das Geld brauchen! Auf der Kassette waren massenhaft Fingerabdrücke …"

„Aber ich bitte Sie!" blökte der Dicke. „Ein solcher Verdacht ist doch allenfalls theoretisch denkbar! Wir haben uns von allen Zeugen ein Bild machen können! Das sind anständige und ordentliche Leute und –"

„Woher wollen Sie das wissen?" fuhr ihm Erwin ins Wort. Der Fleischberg stutzte. Auf der Tischplatte vor ihm glänzten die Speichelspritzer.

„Nun", wand er sich hin und her, „wir haben doch nicht den geringsten Anhaltspunkt …"

„Nein, den haben wir nicht! Aber wenn der Anwalt sagt, das könnte auch jeder andere gewesen sein, dann hat er ganz einfach Recht, und da beißt keine Maus den Faden ab!"

Auch kein fetter Richter, hätte Erwin beinahe gesagt.

„Also auf den Eindruck, den jemand hier hinterlassen hat, gebe ich nichts! Überhaupt nichts! Ich brauche Ihnen doch ganz gewiss nicht zu sagen, wie sehr man sich manchmal in einem Menschen täuschen kann! Mitunter gehören die frömmsten Gesichter zu den größten Strolchen!"

Dieter Bolch starrte vor sich wie ein gescholtener Junge.

„Nun, das alles ist aber doch zweitrangig!", holte der Dicke zum entscheidenden Schlag aus. „Knackpunkt ist doch, dass dieser Thull nach der Tat über einen Haufen Geld verfügte, dessen Herkunft er nicht belegen kann und das ihm vorher kaum zur Verfügung gestanden haben dürfte! Das steht doch wohl außer Frage!"

„Richtig!", sprudelte Dieter Bolch los. „Sehr richtig! Das ist das einzige, was mich an der ganzen Sache stört! Sein Sparbuch! Warum hat er uns sein Sparbuch nicht gezeigt, wenn er wirklich –"

„Weil es nicht sein Sparbuch ist", schnitt ihm Erwin den Faden ab, „sondern das seiner Frau. Dass es dieses Sparbuch aber gibt, hat uns die Schwiegermutter bestätigt!"

„Hm …"

„Oder meinen Sie, dass diese Frau lügt?"

„Das glaub´ ich nun nicht", pisperte Bolch drauflos, „aber trotzdem! Dass wir dieses Sparbuch nicht gesehen haben, lässt doch nur den Schluss zu –"

„Das lässt nur den Schluss zu, dass wir es nicht gesehen haben und sonst gar nichts!" Der Fleischberg lachte gallig. „Wenn die Frau Thull ausgesagt hätte, dann hätten wir dieses Sparbuch zu sehen gekriegt,

235

darauf können Sie Gift nehmen! Aber sie hat nicht ausgesagt! Und daraus dürfen wir keine Schlüsse ziehen! Natürlich ist diese Zeugnisverweigerung auf dem Mist von Schmidtbauer gewachsen, aber wir müssen es hinnehmen! Wenn ich in einem Urteil auch nur mit einem einzigen Wort darauf eingehe, macht der sofort ´ne Sprungrevision und das Oberlandesgericht hebt es wieder auf!"

Dieter Bolch wusste zwar nicht, was es mit einer Sprungrevision auf sich hat, setzte aber gleichwohl ein verständiges Gesicht auf.

„Warum die Frau nicht ausgesagt hat, darüber können wir nur spekulieren", lenkte Erwin sofort ab. „Das ist mir doch ein bisschen zu gewagt, daraus den Schluss zu ziehen, da gab es was zu verheimlichen!" Er schaute Bolch eingehend an. „Herr Bolch, hätten Sie Ihrer Frau zumuten wollen, hier auszusagen, wenn Sie damit rechnen müssen, sie kriegt darüber ´nen Nervenzusammenbruch? Ich nicht!"

Bolch, nun als Rudelführer gefordert, schob den Unterkiefer nach vorne. Die Geste sagte mehr als alle Worte. Erwin faltete die Hände auf der Tischplatte und ließ die Daumen umeinander kreisen.

„Ich glaube dem Jungen, Herr Mallbach! Das, was der Anwalt zum Schluss sagte, passt auch auf mich, und es passt auch auf Sie und es passt wohl auf jeden vernünftigen Menschen: Man hält sich ein Polster für den alleräußersten Notfall!" Wieder schaute er Dieter Bolch an, um ihm einen Schubs in die richtige Richtung zu geben. „Ich kann mir gut vorstellen, Herr Bolch, dass Sie das genauso machen! Wenn das Geschäft mal schlecht geht, zum Beispiel über die Wintermonate, soll schließlich trotzdem für die Familie gesorgt sein, oder?"

„Richtig!" Der Rudelführer nickte heftig. An seiner Ehre als Familienvater ließ er nicht rütteln.

„Und bestimmt haben sie eine entsprechende Reserve, damit sie nicht gleich Konkurs anmelden müssen, wenn sie mal ´ne Steuernachzahlung kriegen oder ein Kunde seine Rechnung nicht pünktlich bezahlt?"

„Sicher", stimmte Dieter Bolch zu. Endlich sah mal einer die Sorgen und Nöte eines Mittelständlers im rechten Licht!

„Oder damit sie nicht gleich jemanden bestehlen müssen", trieb ihn Erwin in die Enge.

Dieter Bolch runzelte die Stirn. Mallbach sagte: „Hm."

„Wissen Sie, ich denke mir, dass die Schuld dieses Jungen nicht über jeden vernünftigen Zweifel hinweg feststeht", resümierte Erwin. „Ich meine viel eher, dass an seiner Schuld ganz, ganz erhebliche Zweifel bestehen. Und jetzt überlegen Sie mal, was wir ihm und seiner Familie antun, wenn wir ihn ins Gefängnis schicken, und er war es nicht! Wollen Sie dieses Risiko auf sich nehmen?"

„Nein!" krähte Bolch entschieden. „Nein, sowas können wir nicht machen!"

Otto Mallbach starrte vor sich auf die klebrige Tischplatte.

Na also, dachte Erwin und atmete schwer.

Kurz darauf marschierten sie zurück in den Sitzungssaal. Die Protokollführerin hatte zwischenzeitlich gelüftet; es roch nach Bohnerwachs und Regen und nasser Erde, nur der Linoleumboden und die Wände waren noch genauso schmutzig wie zuvor. Rechtsanwalt Schmidtbauer sah das Gericht betont gleichgültig an, Schreibel hingegen recht erwartungsvoll. Frank Thull war kreidebleich. Ein siegessicher grinsender Staatsanwalt Krieger musste sich an der Stuhllehne festhalten. Er sah wie ein stolzer Preisstier aus, dem nur noch der Blumenkranz und die Hörner fehlten.

„Ich verkünde folgendes Urteil", blökte der Dicke. „Im Namen des Volkes! Der Angeklagte Frank Thull wird vom Vorwurf des Diebstahls freigesprochen! Die Kosten des Verfahrens fallen der Staatskasse zur Last!"

Kriegers Grinsen gefror zu einer Fratze. Schreibels Unterkiefer klappte runter. Rechtsanwalt Schmidtbauer atmete auf und legte seinem Mandanten die Hand auf die Schulter.

„Bitte nehmen Sie Platz!" Otto Mallbach zwängte sich auf seinen Stuhl und leierte mit getragener Stimme die Urteilsbegründung runter: Es sei zutreffend, dass mehrere Verdachtsmomente gegen Frank Thull sprächen; sie könnten allerdings für eine Verurteilung nicht ausreichen. Diese Verdachtsmomente müssten nämlich alle, die zum Tatzeitpunkt im Autohaus Schreibel gewesen waren, gleichermaßen gegen sich gelten lassen. Die Einlassung des Angeklagten über die Herkunft des Geldes, mit dem er seine Schulden bezahlt hatte, sei glaubhaft und von der Zeugin Rüsenberg bestätigt worden. Gegen seine Täterschaft spreche insbesondere, dass er nach der Tat keine

Möglichkeit gehabt hatte, die Beute aus dem Haus zu schaffen, und sie bei seiner Leibesvisitation und der Durchsuchung seines Arbeitsplatzes nicht gefunden worden wäre. Da somit erhebliche Zweifel an der Schuld des Angeklagten bestünden, habe man ihn freisprechen müssen.

Frank Thull wurde erst ganz allmählich klar, dass er wirklich nicht träumte. Der Richter wischte die Spucke von seinem Blatt, nahm den Aktenordner und stapfte zurück ins Beratungszimmer. Seine Stimmung war auf dem Nullpunkt. Blass vor Wut schmetterte Staatsanwalt Krieger ein unschuldiges Papiertaschentuch auf den Tisch. Wie alle Alkoholiker vermochte er seinen Jähzorn kaum unter Kontrolle zu halten. Schreibel schlich mit eingezogenem Kopf hinaus.

„Das war wirklich ´ne verzwickte Geschichte!" philosophierte Dieter Bolch. „Da sieht man mal, wie schnell man in der Bredouille hängt, ohne was dafür zu können!"

„Ja", sagte Erwin und ließ ihn stehen. Er musste raus.

Vor dem Sitzungssaal hatten Rechtsanwalt Schmidtbauer und Staatsanwalt Krieger die Köpfe zusammengesteckt und plauschten miteinander wie zwei alte Freunde. Der Ankläger hatte schon wieder bedenklich glasige Augen und musste sich an den Heizkörper anlehnen. Weiter hinten auf dem Flur wartete Frank Thull vor der Tür der Gerichtszahlstelle auf seine Frau. Er lächelte verlegen; Erwin nickte ihm nur kurz zu und ging weiter. Er hatte seine Schuldigkeit getan; er hatte den Jungen vor dem Gefängnis bewahrt und damit dieser trüben Geschichte zum bestmöglichen Abschluss verholfen. Dass dieser Abschluss nicht richtig, dafür aber gerecht war, wussten nur er, der Junge und dessen Frau. Was gab es also noch groß zu reden?

Selbstverständlich hatte Frank Thull das Geld genommen, und daran hatte für Erwin von Anfang an nicht der geringste Zweifel bestanden.

Er wusste nur zu gut, wie es in dem Jungen ausgesehen hatte, als er vier Tage vor Weihnachten wie ein davongejagter Hund durch die Stadt geirrt war und nicht mehr aus noch ein gewusst hatte. Er sollte Tausende aufbringen, hatte dabei schon Schulden bis über den Kopf und wahrscheinlich noch nicht einmal das Geld für ein kleines Weihnachtsgeschenk für seine Frau. Und als sich ihm plötzlich eine Chance bot, aus dieser Misere rauszukommen und achtzehntausendeinhundert Euro offen vor ihm auf dem Tisch lagen, da griff er zu, nahm das Geld und steckte es in eine Versandtasche, die er an sich selbst adressierte … und die die Oppermann pflichtschuldigst in den Briefkasten geworfen hatte. Erwin konnte nur den Kopf schütteln. Um diesen einzigen Weg zu sehen, die Beute aus dem Haus zu schaffen, brauchte man doch weiß Gott keine kriminalistischen Erfahrungen! Als die Lüsing angefangen hatte, etwas von einem Briefkasten zu erzählen, hatte er jedenfalls sofort gewusst, wo der Hase im Pfeffer lag. Dieter Bolch lag gar nicht so weit daneben, wenn er sich den hohlen Kopf darüber zerbrach, warum sie das Sparbuch nicht zu sehen bekommen hatten. Dann wäre nämlich herausgekommen, dass da niemals zwölftausend Euro draufgewesen waren … und dass Frank Thull am siebenundzwanzigsten Dezember kein Geld abgehoben, sondern vielmehr noch welches eingezahlt hatte! Achtzehntausendeinhundert Euro Beute plus fünftausend von den Schwiegereltern macht schließlich dreiundzwanzigtausend Euro, aber nur fünfzehneinhalbtausend hatte der Junge gebraucht. Erwin wusste genau, wo der Rest geblieben war … und warum Karin Thull die Aussage hatte verweigern müssen! Jedes Gericht der Welt hätte dieses Sparbuch sehen wollen!

Der Pförtner, ein weißhaariger Herr in Erwins Alter, saß hinter der Glasscheibe in der Eingangshalle und grüßte mit einem müden Kopfnicken. Erwin blinzelte ihm zu. Es hatte längst aufgehört zu regnen, und als er aus dem Portal hinaus auf die Treppe trat, brach die Sonne schon wieder durch.

Das Urteil war alles andere als richtig gewesen, ohne jeden Zweifel, wohl aber war es gerecht. Der Schaden hatte keinen Armen getroffen und der Junge war auch kein Verbrecher, den man einsperren musste, um die Sache wieder ins Lot zu bringen. Er hatte gestohlen, nun ja, aber das war ebensosehr Schreibels oder Zilchs Schuld gewesen, weil sie ihn in Versuchung geführt hatten, und auch die des Amtsrichters, der seinerzeit diese hohe Geldstrafe verhängt und damit alles ins Rollen gebracht hatte. Der Junge hatte sich gewiss von seiner Frau eine deftige Gardinenpredigt anhören müssen, und so, wie Erwin Karin Thull einschätzte, hatte die mehr bewirkt als jeder Richterspruch. Frank Thull ins Gefängnis zu schicken, hätte keinen Sinn ergeben, aber das war für Flaschenbierjuristen wie diesen Amtsrichter oder den Staatsanwalt natürlich zu hoch. Ob sie überhaupt schon einmal in einer Situation wie dieser Junge gewesen waren? Ob sie wohl wussten, wie leicht man da hineingeraten konnte?

Erwin überquerte die Straße in Richtung Altstadt, um für Sigrid noch einen Strauß Blumen zu kaufen und um einen Kaffee zu trinken. Als er das klotzige, finstere Gerichtsgebäude hinter sich in der Nachmittagssonne liegen sah, krampfte sich sein Magen zusammen, so wie jedes Mal, wenn er auch nur an ein Gericht dachte. Noch immer! Erwin fühlte wieder das Zittern in den Knien, dieses flaue Gefühl, das er vor fünfunddreißig Jahren empfunden hatte, als er an einem verregneten Freitagmorgen angstschlotternd und in Handschellen in dem Sitzungssaal stand und sich sein Urteil hatte anhören müssen: „Es ergeht folgende Entscheidung: Im Namen des Volkes! Der Angeklagte Erwin Schuchardt wird wegen schweren Raubes in Tateinheit mit räuberischer Erpressung und unerlaubtem Waffenbesitz zu einer Gesamtstrafe von neun Jahren und sechs Monaten Zuchthaus verurteilt!" Gewiss, es war schon sehr, sehr lange her; fast ein halbes Leben lang, und die Erinnerung verblasste. Aber Erwin erinnerte sich trotzdem noch gut an die langen Jahre, die er in einer engen, dunklen Zelle eingesperrt gewesen war, ohne eine Blume oder einen Sonnenstrahl zu sehen und ohne einen Vogel zwitschern zu hören … zusammen mit Julius, einem scheinbar biederen Familienvater, der über Jahre hinweg immer und immer wieder die eigene Tochter vergewaltigt,

242

mit ihr zwei Kinder gezeugt und diese dann umgebracht hatte, und mit Herbert, einem Lüstling wie der Staatsanwalt, der im Rausch eine Prostituierte erwürgt hatte. Erwin erinnerte sich auch noch immer daran, wie elend ihm zumute gewesen war, als sich seine Frau hatte scheiden lassen und mit den beiden Kindern zu einem anderen Mann gegangen war, der besser für sie hatte sorgen wollen als er. Und wie froh er gewesen war, als er nach seiner Haftentlassung bei Sigrid hatte unterkommen können, seiner späteren Frau, die der Mann mit einem kleinen Kind sitzengelassen hatte. Es war verdammt schwer gewesen, wieder Boden unter die Füße zu bekommen und in ein bürgerliches Leben hineinzufinden, und wem Erwin diese Erfahrungen ersparen konnte, dem wollte er sie ersparen. Mit Recht oder Unrecht hatte das nichts zu tun, nicht das Geringste.

Zufrieden lächelnd steuerte Erwin auf den erstbesten Blumenstand zu. Eine dicke Marktfrau strahlte ihn an.

„Guten Tag", grüßte er freundlich. „Geben Sie mir bitte zehn rote Rosen!"